축구공을 누가 찼을까

별숲 동화 마을 61

축구공을 누가 찼을까

초판 1쇄 인쇄 2025년 2월 14일 | 초판 1쇄 발행 2025년 2월 21일
지은이 유순희 | **그린이** 이해정 | **펴낸이** 방일권
펴낸곳 별숲 | **출판신고** 2010년 6월 17일 | **주소** 경기도 파주시 광인사길 115, 203호
전화 031-945-7980 | **팩스** 02-6209-7980 | **전자우편** everlys@naver.com

ISBN 979-11-92370-80-4 74800
ISBN 978-89-97798-01-8 (세트)

축구공을 누가 찼을까

유순희 장편동화 **이해정** 그림

수비 위주로 하는 축구는 재미없다.
공을 잘 막았다고 해서 승리하는 게 아니기 때문이다.
공은 둥글어서 어디로 튈지 모른다.
처음부터 공에게 정해진 길 따위란 없다.
공은 절대로 계획한 대로 굴러가지 않는다.
그래서 축구가 재미있다.
인생도 축구와 닮았다.
공을 발로 차고 달리듯
내가 좋아하는 꿈을 가슴에 품고, 앞으로 달려가길.

_유순희

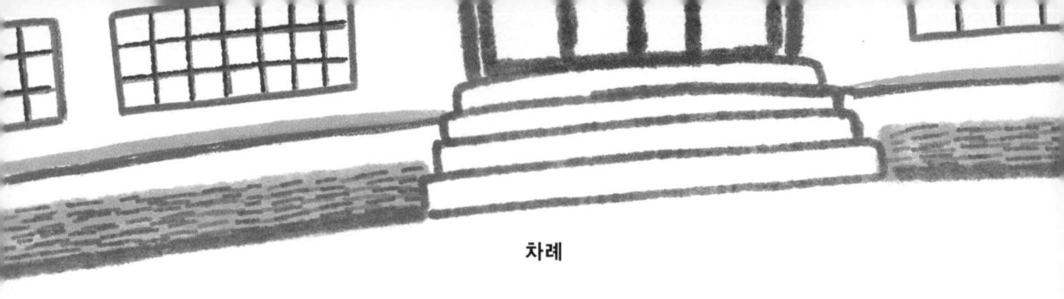

차례

1. 교실에서 생긴 일

태웅이는 왼발로 축구공을 찼다. 공은 교실 가운데 있는 주원이 쪽으로 날아갔다. 아이들도 공 쪽으로 빠르게 나갔다. 그때 문 뒤에서 "까마귀다!" 하는 소리가 들렸다. 태웅이는 교실에서 축구하는 게 들킬까 봐 겁나서 자신도 모르게 홱 고개를 돌렸다. 그 순간 '퍽, 쨰아앙!' 뭔가 요란하게 깨지는 소리가 났다. 앞쪽을 보니 시청각 수업을 할 때 사용하는 대형 모니터 가운데가 푹 꺼지고, 빗살처럼 금이 갔다.

"으와, 축구공이 모니터를 완전히 박살 냈다."

현이가 은색 안경테를 손가락으로 밀어 올리며 말했다.

태웅이도 멍하니 모니터를 쳐다봤다.

교실에서 축구공을 차는 건 금지된 놀이였다. 처음부터 그랬던 건 아니었다. 아이들이 교실에 축구공을 갖고 오면 학급 문고 뒤에 보관했다. 그런데 점점 거기에 갖다 놓는 게 귀찮아서 책상 옆에 두곤 했다. 공은 이리저리 굴러다녔다. 어떤 아이는 공에 걸려 넘어졌고, 어떤 남자아이는 공을 주워 여자아이 등에 던지기도 했다.

공 때문에 이런저런 일이 생기자 선생님은 개인이 갖고 온 공은 교실에 두지 말라고 했다. 만약 교실에서 공놀이하다 들키면 선생님에게 2주 동안 공을 뺏겨야 했다.

선생님은 공을 몰래 숨겼다. 그런데 청소 시간에 선생님이 숨겨 둔 축구공이 난데없이 튀어나왔고, 아이들은 교실에서 공놀이하면 안 된다는 금기를 깨고 축구하다 모니터를 깨 버린 것이다.

복도를 지나가던 교감 선생님이 교실로 들어왔다. 대형 모니터가 깨졌고, 바닥에는 외계에서 날아온 운석처럼 축구공이 덩그러니 놓여 있었다. 교감 선생님은 눈썹을 지렁이처럼 꿈틀거렸지만, 입을 굳게 다문 채 나갔다.

잠시 후, 한태미 담임 선생님이 들어왔다. 선생님은 교감

선생님에게 사고 소식을 전달받았는지 모니터를 보고도 놀라지 않았다.

"숨겨 놓은 이 공을 누가 꺼냈니?"

청소 당번이었던 2모둠 아이들에게 물었다.

태웅이와 주원이는 청소 당번은 아니었다. 2모둠인 현이와 도연이랑 운동장에서 축구하려고 청소를 돕다가 휩쓸리게 된 것이다. 한태미 선생님은 누가 모니터를 깼냐는 것보다, 누가 자신이 숨긴 공을 찾아 이런 대형사고를 치게 했는지가 더 궁금한 것 같았다. 선생님은 웬만한 일에는 화를 내지 않는다. 하지만 진짜 화가 나면 목소리만으로 교실 전체를 얼어붙게 할 것처럼 차가웠다. 지금이 그랬다. 선생님은 아이들 눈을 차례로 쳐다봤다. 선생님의 눈길에 부딪힌 태웅이는 화들짝 놀라 이렇게 말해 버렸다.

"저 아니에요. 공이 날아와서 주원이에게 찼어요."

그 말에 주원이가 벌떡 뛰었다.

"저도 아니에요. 태웅이한테 공을 받아서 한 번 찼을 뿐이에요."

이번엔 선생님 눈길이 도연이를 향했다. 도연이는 망설이다가 조심스럽게 대답했다.

"…… 제가 선생님 우산꽂이에서 공을 꺼내긴 했지만, 모니터를 깨지는 않았어요. 진짜예요."

"어떻게 알고 꺼냈니?"

"교실 청소하다가……."

축구공을 숨긴 곳은 선생님 책상 안쪽에 있는 기다란 우산꽂이 통이었다. 애들이 거기까지 청소하진 않는다. 어쩌다 발견한 게 아니라 공을 찾기로 작정하고 돌아다니다 찾아낸 것 같았다. 하지만 말썽 한 번 부리지 않았던 도연이가 스스로 꺼냈다고 하니 믿지 않을 수도 없었다. 한태미 선생님은 도연이에게 삼 일 동안 교실 청소하라는 벌칙을 내렸다. 그리고 다시 아이들에게 물었다.

"그럼 축구공으로 저 커다란 모니터를 깬 건 누구니?"

아이들이 엉거주춤 눈치만 보고 있자, 선생님의 표정이 일그러졌다.

"이 녀석들…… 정말…… 선생님이 절대로 교실에서 공 갖고 놀지 말라고 했지! 청소하라고 했더니!"

예진이와 미주가 억울하다는 듯 말했다.

"우린 공 안 찼어요. 축구를 한 건 남자애들이에요."

"맞아요. 여자애들은 복도 창문 닦고, 휴지 줍고, 신발장

정리했어요."

선생님은 숨을 고르고 다시 물었다.

"교실에서 축구한 사람 손 들어."

태웅이, 도연이, 주원이, 현이, 우진이가 손을 들었다.

"너희들이 교실에서 축구했다는 거지?"

선생님 말에 현이가 억울하다는 듯 말했다.

"전 아니에요. 분리수거하고 있는데 축구공이 날아와서 플라스틱이랑 우유 팩 정리한 거 엉망될까 봐 발로 한 번 찼을 뿐이에요. 그 공을 누가 줬는지 모르겠어요."

선생님은 이 일을 어떻게 마무리해야 할지 고민했다.

태웅이는 좀 전에 있었던 일을 다시 한번 곰곰이 생각해 보았다. 나흘 동안 비가 내려 운동장에서 축구를 못 했다. 어쩔 수 없이 뭉친 종이나 찌그러진 캔을 차기도 했는데 튕겨 오르지 않아서 금세 재미가 사라졌다. 빨리 운동장에 나가 공을 뻥뻥 차고 싶었다. 겨드랑이에 날개 돋친 소년 장사가 힘을 억지로 숨겨야 하듯 축구를 참는 게 힘들었다. 드디어 날이 개자 아이들과 운동장에서 축구하기로 했다. 빨리 청소를 끝내야 축구도 할 수 있으니까 청소를 도와줬던 거다. 그런데 갑자기 파란색 날개 무늬가 찍힌 축구공이 눈앞에 나타났다. 교실인 것도 까먹고 주원이에게 찼다. 다음은 생각하고 싶지 않다. 그때는 다들 청소고 뭐고 신경 안 쓰고 공을 뻥뻥 차고 있었으니까.

태웅이는 힘없이 말했다.

“공은 찼는데 모니터는 깨지 않았어요. 진짜예요.”

“그럼 누구야? 누군가 공을 찼으니까 모니터가 깨졌을 것 아니야. 모니터 앞에 누가 있었어?”

선생님이 캐물어도 모두 고개만 떨구었다. 그때 현이가 말했다.

“모니터 앞에 우진이가 있었어요.”

우진이는 한 달 전에 전학 왔다. 선생님은 우진이에게 물었다.

“우진아, 네가 모니터를 깼니?”

우진이는 아무 말도 못 했다.

“괜찮아, 정직하게 말해 봐. 그래야 일을 해결할 수 있어.”

선생님이 그렇게 말하자 우진이는 고개를 끄덕였다.

“축구공으로 모니터를 깼다는 거지? 대답해.”

“…… 네.”

우진이는 조그맣게 말했다.

“알겠다. 어머니한테 연락할 테니 그리 알아라.”

선생님은 그렇게 말하고 아이들에게 책상 정리하고 가라고 했다. 아이들이 간 뒤, 선생님은 수리 기사를 불렀다. 수리 기사는 모니터를 살펴보더니 수리비가 70만 원 정도 나올 것 같다고 했다. 학교 규칙상 우진이 부모님이 내야 했다. 수리비가 많이 나와서 걱정됐지만, 늑장을 부릴 수도 없어 선생님이 우진이 엄마에게 전화를 걸었다.

선생님은 청소 시간에 벌어진 사고에 관해 이야기했다. 우진이가 공을 차서 모니터를 깼다고. 우진이가 인정했다고 하자, 우진이 엄마가 수리비를 내겠다고 했다. 골치 아픈 일이 순조롭게 마무리되자 선생님은 마음이 놓였다. 그제야 발끝에 있는 축구공을 손으로 집어 들었다.

‘이 사고뭉치 축구공을 버릴 수도 없고, 어디에다 숨기지?’

2. 축구 연습

태웅이는 동문시장으로 들어갔다. 시장에서 50미터 걸어가다 오른쪽으로 나가면 집이 나온다. 오십 년이나 된 오래된 주택이었다. 이 동네에서 전셋값이 가장 싸다고 해서 작년에 이사 왔다.

태웅이는 배고파서 부엌으로 들어갔다. 시큼하고 쿠린 냄새가 여기저기서 스멀스멀 올라왔다. 엄마는 시장 사람들이 버린 생선, 고기, 썩은 채소가 하수구로 흘러가면서 냄새를 풍기는 거라고 했다. 그 후로 바닥을 보면 썩은 생선, 비곗덩어리, 말라비틀어진 채소 들이 둥둥 흘러가는 게 보이는 듯해서 웬만하면 안 보려고 했다. 문제는 이 악취가 부엌에서만 나는 게 아니라 집 안 전체에서 난다는 거다.

엄마는 악취 제거를 위해 곳곳에 숯을 놓고, 화장실, 부엌, 베란다 하수구에 세제를 뿌렸고, 하수구 구멍에 악취를 빨아들인다는 풍선을 매달기도 했다. 하지만 소용없었다. 냄새에 예민한 엄마는 두통에 시달려 수시로 진통제를 먹었다. 그런 엄마가 피 냄새 진동하는 정육점에서 일한다는 게 이해가 안 갔다.

아빠가 엄마에게 괜찮냐고 물어보곤 했다. 그러면 엄마는 괜찮다는 대답 대신 "다른 데보다 돈 많이 주잖아. 주인 성격도 그럭저럭 괜찮고. 시장에 있으니까 차비도 안 들고……." 덤덤하게 말했다. 엄마의 대답에 아빠와 태웅이는 엄마가 점점 냄새에 둔감해진 게 아닌가 생각했다.

태웅이는 냉장고에서 우유를 꺼내 그릇에 붓고 시리얼을 넣었다. 마시려고 하는데 썩은 생선 냄새가 코끝에 대롱대롱 매달린 것 같았다. 손으로 코를 움켜쥔 채 재빨리 먹고 거실로 나가 무릎으로 가볍게 축구공을 찼다. 썩은 냄새가 견디기 힘들면 리프팅을 했다. 리프팅은 무릎과 발, 어깨, 머리만 이용해서 공을 몸에서 떨어지지 않게 하는 거다.

공이 허공으로 올라간다. 오직 공에만 집중한다.

툭, 툭, 툭.

공이 바닥에 닿기 전 오른쪽 발끝으로 공을 올린다. 그리고 공이 떨어지기 직전 재빨리 왼쪽 발등으로 올려 찬다. 아슬아슬하게 공이 바닥으로 떨어지는 걸 막는다.

땀이 흐른다.

악취가 잊힌다.

얼마나 흘렀을까. 땀 때문에 시야가 흐려졌다. 이마에 흐르는 땀을 닦으려고 손을 드는 순간 집중력이 깨져 발끝에 있던 공을 놓치고 말았다. 공이 데굴데굴 거실 바닥에 굴렀다. 공을 집어들 힘도 없었다. 너무너무 배고팠다. 도연이가 떠올랐다. 배고플 때 가장 먼저 생각나는 사람은 도연이였다.

태웅이는 공을 들고 도연이네 집으로 갔다. 도연이네 집은 골목을 따라 한참 올라가야 나온다. 담장 밖으로 장미 넝쿨이 뻗어 있는 삼층집 반지하다. 이 동네로 이사 와서 좋은 건 도연이와 축구를 자주 할 수 있다는 거다.

"도연아."

문 앞에서 도연이를 불렀다. 대답이 없다.

"도연아, 차도연!"

도연이는 아빠하고 산다. 아빠가 지방으로 일하러 갈 때 따로 사는 엄마가 몰래 와서 청소도 하고, 밑반찬도 해 놓고 간다고 했다. 아빠가 지방에 가면 집에 들어오지 않기 때문에 도연이는 혼자 집에 있는 날이 많았다. 그런데 지금은 어디 갔는지 없나 보다. 아쉬운 마음에 돌아서려는데 문이 열렸다. 도연이가 미소를 짓고 있는데 눈은 운 것처럼 떼꾼했다.

'또 아빠한테 맞은 걸까?'

차마 묻지는 못하겠고 마음만 쓰렸다.

며칠 전, 태웅이는 문밖에서 도연이 아빠가 도연이 때리는 소리를 들었다. 문틈으로 보니 도연이가 엎드려뻗쳐를 하고 있었고, 술에 취한 도연이 아빠가 소리치며 막대기로 도연이 엉덩이를 때리고 있었다. 도연이는 한마디 신음도 내지 않겠다고 결심한 듯 입을 앙다물고 있었다. 태웅이는 도망쳤다. 마음 같아서는 경찰에 신고하고 싶었지만, 도연이 아빠한테 해코지당할까 봐 두려웠다. 그 뒤로 도연이를 만났지만 모른 척했다.

"뭐 해? 우리 축구할래?"

태웅이가 그렇게 말하자 푹 처진 도연이의 눈망울이 커졌다.

"좋아. 아빠 갔어. 라면 먹고 가자."

"흐, 사실 나 너무 배고파서 왔어. 너랑 라면 먹고 축구하려고."

태웅이가 솔직하게 말하자 도연이가 씨익 웃었다.

태웅이와 도연이는 라면을 먹고 근린공원으로 축구 연습하러 갔다. 태웅이는 공부방, 도연이는 태권도장만 다녀서 학원을 많이 다니는 애들보다 연습할 시간이 많았다. 태웅이는 축구 기술을 알려 주는 책과 유튜브 방송을 보고 기술을 익혔다. 요즘은 공을 쳐다보지 않고 드리블하는 연습을 했다. 공을 보지 않고 드리블하려면 그만큼 공을 느끼는 감각이 좋아야 한다. 그렇게 하려면 무릎을 살짝 굽히고 발 사이로 공을 정확하게 왼쪽, 오른쪽, 왼쪽, 오른쪽 번갈아 가며 차야 한다. 그렇게 계속하다 보면 리듬이 생긴다. 공중에서 외줄을 타는 것처럼 짜릿하다. 리듬감을 유지하기 위해서는 머리카락이 곤두설 정도로 집중해야 한다.

그런데 그게 쉽지 않다. 공을 번갈아 차다가 조금 세게 찼다 싶으면 공이 발등으로 넘어가기 일쑤였다. 그래도 계속했다. 이 기술을 익혀야만 다른 것도 해 볼 수 있기 때문이다.

발 사이로 공을 왔다 갔다 찬다. 공은 떨어진다. 다시 줍는다. 발 사이로 공을 넣고 찬다. 공이 떨어진다. 공을 줍는다……. 무한 반복이다.

도연이도 앞에 있는 공을 발바닥으로 자기 앞까지 굴리고, 그 공을 발에서 떼었다가 멈추고 다시 발바닥으로 굴리는 걸 반복했다. 이렇게 해야 발바닥으로 볼 터치하는 감각을 익힐 수 있기 때문이다. 연습은 힘들고 지루하고 재미없었다.

도연이가 좀이 쑤셔서 태웅이에게 말했다.

"태웅아, 이제 그만 연습하고 공 차자."

"조금만 있다가. 이제 킥 연습 좀 하려고. 킥 연습을 많이 해야 바나나킥도 시도해 볼 수 있어. 진짜 그거 해 보고 싶어."

축구를 좋아하는 아이라면 누구나 바나나킥을 성공하고 싶어 했다. 바나나킥은 강한 회전을 주어서 찬 공이 날아가다가 엿가락 휘어지듯 꺾여 골대 안으로 들어가게 하는 기술이다. 골키퍼는 물론이고, 누구도 예상하지 못하는 순간에 골이 들어가서 모두를 놀라게 한다. 이건 쉽게 성공시킬 수 있는 킥이 아니다. 공을 찰 때 공의 밑부분 왼쪽이나 오른쪽을 감싸듯 차서 공에 회전이 걸리게 해야 한다. 그렇게 해야 공이 날아가면서 회전하는 방향으로 공이 휘게 되기 때문이다. 공이 회전하며 날아가게 하려면 슛도 강해야 한다. 진짜 많은 킥 연습을 해도 겨우 한 번 성공할까 말까 하는 어려운 기술이다. 태웅이는 축구 선수들이 바나나킥으로 골을 넣는 영상을 수백 번 보았다. 봐도 봐도 신기하고 황홀했다.

"무슨 바나나킥까지 연습해? 너, 축구 선수 할 거야?"

도연이가 물었다.

"…… 아니."

태웅이는 그렇게 대답했지만, 속마음을 들킨 것 같아 뜨끔했다. 축구 선수가 되는 건 생각만 해도 설렌다. 하지만 그 꿈은 아무리 손을 뻗어도 닿지 못할 장대에 걸린 깃발 같다.

어제 엄마와 저녁을 먹었는데 엄마가 커서 뭐 할 거냐고 물었다. 태웅이는 뭐라고 대답해야 할지 몰랐다. 엄마는 안정적인 직업을 가지라고 했다. 수차례 직업을 바꾼 아빠 때문에 그런 것 같다. 아빠는 요즘 외삼촌을 따라다니며 전기 배선 일을 배우고 있다. 엄마는 아빠가 이제라도 기술을 배워 안정적으로 돈을 벌었으면 좋겠다고 했다. '안정'이란 말을 엄마한테 자주 들어서인지, 태웅이는 그때마다 수학 시간에 선생님한테 들은 이야기가 떠올랐다.

'세상에서 가장 안정적인 모양의 형태가 뭔지 아니? 세모야. 세모는 곧은 선 세 개로 둘러싸인 모양이야. 그래서 사람들에게 집을 그리라고 하면 세모 모양의 형태를 가장 많이 그리는 거란다. 집이란 우리에게 가장 안정감을 주는 곳이니까.'

태웅이는 비로소 엄마가 왜 안정이란 말을 입에 달고 사는지 이해가 됐다. 집은 안정적이어야 하니까. 실제로 아빠가 실직할 때마다 태웅이네 집은 수입이 줄어 기울어지는 배처럼 불안해졌다. 그때마다 엄마는 세모 같은 안정감 있는 집으로 되돌리기 위해 개미처럼 분주히 돈을 벌러 다녔다.

축구 선수는 크게 부상을 당하면 그만둬야 하는 불안정한 직업이다. 그래서 엄마에게 축구 선수가 되고 싶다고 말할 용기가 나지 않았다. 더구나 축구 선수가 되려면 돈도 많이 필요하다. 태웅이는 자기 때문에 엄마를 더 힘들게 하고 싶지 않았다. 그래서 축구 선수가 되고 싶다는 열망을 꾹꾹 눌렀다. 그래도 축구 연습은 계속하고 싶었다. 축구 잘한다는 애들의 칭찬은 계속 듣고 싶었다. 솔직히 그 칭찬을 듣고 싶어서 학교에 가는 거다.

태웅이는 킥 연습을 계속했다. 어느덧 해가 뉘엿뉘엿 졌다.

"우리 이제 공 차자."

태웅이가 말했다.

"아싸."

도연이가 좋아서 환호했다.

태웅이가 공격하고, 도연이는 수비를 했다. 태웅이가 공을 툭 차며 왼쪽 대각선으로 가려 했지만 도연이가 발을 뻗어 가로채려고 했다. 순간 태웅이가 공을 발바닥으로 돌려서 뺐다. 공이 자기가 원하는 대로 움직이는 것 같았다. 이럴 때는 공이 자기 마음을 유일하게 알아주는 다정한 친구 같았다.

도연이가 다시 공을 뺏으려고 왼쪽 어깨를 틀면서 오른발을 뻗었다. 태웅이는 그때를 역이용해 공을 발바닥으로

뒤로 밀어서 오른쪽으로 몸을 돌렸다. 그러고는 공을 차며 질주해 슛을 날렸다. 공은 포물선을 그리며 골문 안으로 들어갔다.

"골인!"

태웅이는 두 손을 번쩍 들었다.

이 기분을 어떻게 설명할 수 있을까?

그냥, 행복하다.

3. 무엇이 진짜 제보일까

태웅이는 도연이와 헤어진 뒤 집으로 갔다. 할머니가 식탁 의자에 앉아 있었다. 할머니는 대림동에서 작은 국수 가게를 하며 혼자 산다. 엄마가 가끔 할머니를 모셔 온다.

"할머니."

"어, 태웅이 왔나."

할머니는 헤벌쭉 웃으며 태웅이를 반겨 주었다.

엄마는 태웅이에게 간식으로 옥수수를 쪄서 주었다. 태웅이가 그걸 먹고 있는데 할머니가 엄마한테 말했다.

"내도 배고프다."

그러자 엄마가 말했다.

“엄마, 좀 전에 점심 먹고 들어왔잖아. 기억 안 나?”

“뭐라 카노. 배고프다. 내한테 밥 주는 게 그리 아깝나?”

할머니가 짜증스럽게 말했다.

태웅이는 엄마와 할머니의 대화가 이해가 안 가서 어리둥절했다.

“엄마, 좀 전에 밥 먹고 들어왔다니까. 텔레비전 보면서 좀 쉬어요.”

태웅이가 방에 들어가자 엄마가 따라 들어왔다. 할머니가 치매 진단을 받았다고 했다. 기억을 잊는 병인데 아직 초기라서 약 잘 먹고 운동하면 심해지는 걸 늦출 수 있다고 했다. 엄마는 할머니를 혼자 둘 수 없다며 삼촌과 번갈아 모시기로 했다는 거다. 태웅이는 할머니가 그런 무서운 병에 걸렸다는 게 믿기지 않았다.

다음 날 태웅이는 학교에 갔다. 선생님이 교실로 들어왔는데 표정이 어두웠다.

“너희들에게 할 이야기가 있는데……. 오늘 아침 우진이 엄마한테 전화가 왔다. 우진이가 모니터를 깬 게 아니라고 하셨어. 축구공이 우진이를 향해 날아와서 우진이의 손등에 맞고 튕겨 나간 것뿐이라고……. 진짜 모니터를 깬 아이가 누군지 찾아 달라고 하셨다."

"헐?"

"그럼 누가 공을 찬 거야?"

"우진이도 자기가 모니터를 깼다고 했잖아."

아이들이 웅성거렸다. 선생님도 혼란스러워 짧게 숨을 내쉬었다.

오늘 아침, 선생님은 학교에 출근하자마자 우진이 엄마에게서 걸려 온 전화를 받았다.

"선생님, 우리 우진이가 축구공을 차서 모니터를 깬 게 아니랍니다. 우진이한테 자세히 물었어요. 자기는 날아오는 공을 막으려고 손을 올렸는데 공이 손등에 맞고 튕겨 나간 거래요. 공이 손등에 맞고 모니터가 깨진 건 맞지만, 공을 차서 모니터를 깬 건 아니라는 거죠. 우진이가 억울하게 누명을 쓴 것 같아서 속상해요. 누가 우진이 쪽으로 축구공을 찼는지 알고 싶어요. 그렇지 않으면 수리비는 낼 수 없어요."

우진이 엄마의 목소리는 단호했다. 선생님은 우진이와 얘기해 보겠다며 전화를 끊었다.

선생님은 우진이가 학교에 오자 연구실로 불러서 물었

다. 우진이는 자기 손등에 공이 맞고 튕겨 나간 거라고 했다. 어제는 왜 모니터를 깬 걸 인정했냐고 했더니, 자기 손등에 맞고 튕겨 나간 공이 모니터를 깼으니까 그렇게 말했다는 거다. 선생님은 정확하게 알아봐야겠다는 생각이 들었다.

"자, 어제 모니터를 향해 공을 찬 아이를 본 사람 손 들어. 청소한 아이도 있고, 교실에 왔다 갔다 한 아이도 있을 거 아냐."

예지가 입을 열었다.

"문 앞을 지나가다 주원이가 공 차는 거 봤어요."

주원이가 억울하다는 듯 말했다.

"차긴 했지만, 공이 책상 모서리를 맞고 튕겨 나갔어요. 모니터를 깨진 않았다고요."

"컵 씻고 들어오는데 도연이가 헤딩하는 거 봤어요."

유정이가 말하자, 도연이가 화들짝 놀라서 말했다.

"헤딩한 건 맞지만, 모니터를 깰 정도로 공이 높이 올라가진 않았어요."

그때 연주가 일러바치듯 선생님에게 말했다.

"호태가 공을 던졌어요."

호태가 벌떡 일어나 꽥 소리 질렀다.

"난 아니라고! 내가 제일 싫어하는 게 축구야. 공이 나한테 와서, 그냥 던지고 교실 밖으로 나갔다고. 모니터를 깰 정도로 강한 슛을 찼다면 그건 태웅이야."

애들은 그래 맞다, 하는 눈빛으로 태웅이를 쳐다봤다. 태웅이는 범인으로 몰리는 것 같아 머리까지 서늘해졌다. 선생님이 호태에게 물었다.

"호태야, 태웅이가 모니터를 향해 공 차는 거 봤니?"

"그건 못 봤어요."

"그럼 우진이가 모니터를 깬 걸 본 사람?"

연주가 말했다.

"복도 지나가다 현이가 우진이한테 공 차는 거 봤어요. 그다음에 모니터 깨지는 소리가 났고요."

"난 아니라고!"

현이가 꽥 소리를 질렀다. 계속 이렇게 하면 아이들끼리 서로 미워하고 갈등만 키울 것 같았다.

"알았다. 이제 그만."

선생님은 골똘히 궁리하다 아이들에게 설문지를 나눠 주었다.

모니터를

그걸 정도로 강한 숏을
찼다면 그건
태웅이야.

“자기 이름은 쓰지 말고, 우진이에게 공을 찼거나 공으로 모니터를 깬 아이를 봤다면 이름을 써 보자. 그때 상황을 자세히 쓰고.”

어떤 아이는 열심히 쓰고, 어떤 아이는 한동안 망설이고, 어떤 아이는 썼다 지웠다 하면서 머리를 긁적였다.

“설문지 다 썼으면 종이를 뒤집어서 선생님 책상에 올려 놔.”

아이들은 선생님 책상에 설문지를 올려놓고 들어갔다. 선생님은 아이들에게 자습을 시키고 설문지를 읽었다. 누가 축구공을 찼는지 빨리 밝혀내고 싶었다. 글씨체를 보니 어떤 건 누군지 알 것 같고, 어떤 건 짐작도 안 갔다.

-전 몰라요. 그때 교실에 없었어요.

-범인은 김현입니다. 현이가 공을 차는 거 봤어요. 칠판으로 날아갔어요.

-여러 명이 축구공을 갖고 놀았어요. 주원이가 현이에게 차는 거 봤어요.

-선생님, 국어 시간에 자꾸 잠이 와요. 선생님 책 읽을 때 천

둥처럼 크게 읽어 주심 안 되나요?

-도연이가 헤딩한 걸 현이가 발로 찼는데 우진이 쪽으로 날아 갔어요.

-김현이 신문지로 만든 공으로 내 뒷머리를 때렸어요. 공으로 모니터를 깼다면 분명히 현이예요.

-누가 '까마귀다.' 외쳤고, 그다음에 박살 나는 소리가 났어요. 현이가 놀라서 모니터 쪽으로 뛰어가는 건 봤어요.

-호태가 자꾸 내 얼굴이 오이 같다고 놀려요. 자기 얼굴은 하마처럼 크면서. 호태 때문에 학교 오기 싫어요.

한태미 선생님은 설문지를 읽다가 절로 한숨이 나왔다. 축구공으로 모니터를 깬 걸 봤다는 이야기는 없고, 다른 이야기가 많았다. 엉킨 실을 풀어 보려고 했더니 더 꼬이는 느낌이다. 어쨌거나 설문지를 통해 가장 많이 나온 이름은 현이였다. 선생님은 수업을 마친 뒤, 현이를 연구실로 불렀다.

"현아, 설문지를 보니까 네 이름이 가장 많이 나왔어. 솔직히 말해 봐. 네가 찬 거 아니니?"

"아니에요. 절대로. 난 거짓말 안 해요."

“근데 왜 네 이름이 가장 많이 나왔을까?”

“몰라요. 재활용품이 담긴 박스를 들고 밖으로 나가려고 했어요. 근데 공이 머리 쪽으로 날아오길래 공이 박스를 쳐서 우유 팩이 바닥에 흩어질까 봐, 딱 한 번 공을 멀리 찼을 뿐이에요.”

현이는 지나치다 싶을 만큼 솔직하게 말하는 아이였다. 또박또박 말했지만 울 듯한 표정이었다.

‘애들이 장난이 심한 현이를 골탕 먹이려고 가짜 제보를 한 것 같은데…….’

선생님은 교실로 돌아와 다시 설문지를 읽었다. 그런데 아까 보지 못한 설문지가 있었다. 자신이 연구실에 간 사이 누가 몰래 올려놓고 간 것 같았다.

선생님은 설문지를 보고 깜짝 놀랐다. 모니터를 깬 아이에 관한 제보는 아니었다. 하지만 전혀 몰랐던 일이 적혀 있어서 머릿속이 어지러웠다.

‘이 내용이 사실일까? 현이의 경우처럼 가짜 제보일 수 있는데……. 우선 확인해 봐야겠어…….’

선생님은 한 아이의 책상을 유심히 쳐다보았다.

‘왜 난 한 번도 보지 못했을까?’

4. 너 때문에 졌어

다음 날, 점심시간이 다가오자 우진이는 축구하고 싶어서 창문으로 운동장을 쳐다봤다. 계속 내리던 비가 그쳐서인지 초록색 나뭇잎이 한층 진하게 푸르렀다. 축구를 할 생각에 마음이 들뜨고 설렜다. 그런데 우진이가 먼저 축구하자고 하면 애들은 미적댔다. 태웅이가 축구하자고 하면 바로 따라 나가면서. 우진이는 축구를 잘해서 애들이 졸졸 따라다니는 태웅이가 부럽기도 하고, 축구할 때 이래라저래라 코치하는 태웅이의 모습이 잘난 척하는 것 같아 얄밉기도 했다.

드디어 점심시간을 알리는 종이 울렸다. 축구하고 싶어

엉덩이를 들썩이던 태웅이가 재빨리 밥을 먹고 운동장으로 달려갔다. 도연이도 따라 나갔다. 우진이도 따라가고 싶었지만 태웅이 꽁무니를 쫓아다니는 것 같아 망설였다. 하지만 공을 차고 싶어 발끝이 간질간질했다.

멀리서 보니 태웅이가 공을 몰아가고, 도연이가 태웅이의 공을 빼앗으려고 했다. 태웅이는 도연이에게 공을 뺏기지 않으려고 오른팔을 벌려 도연이 가슴에 댔다. 도연이는 어떻게든 공을 빼앗으려고 태웅이 발 사이로 왼발을 밀어 넣다가 넘어졌다.

어느새 운동장으로 뛰어온 현이가 태웅이와 도연이가 축구하는 모습을 보더니 "우리도 껴 줘." 하면서 우진이 손을 잡아끌었다. 우진이는 억지로 끌려가는 것처럼 일부러 몸에 힘을 쭉 뺐다.

"야, 나도 껴 줘."

주원이도 달려왔다. 다섯 명이 모였으니 팀을 나눠야 했다. 숫자가 작아서 골기퍼와 심판은 없었다.

팀을 나눌 때는 가위바위보를 하거나 홀짝을 해서 정하기도 하고, 축구 잘하는 아이와 못하는 아이를 섞어 한 팀을 만들기도 했다. 이번에는 가위바위보로 정했다. 태웅이와 도연이가 한 팀이 되었고, 주원이, 현이, 우진이가 한 팀이 되었다. 태웅이가 공격수였고, 도연이가 수비를 맡았다. 우진이도 태웅이처럼 공격수가 되고 싶었지만 달리기를 잘하는 주원이 대신 공격수를 하겠다는 말을 못 꺼냈다.

공격수에게는 골을 잘 넣는 것이 중요하다. 그러기 위해서는 달리기가 빨라야 한다. 우진이는 작년까지 축구 클럽에 다녀서 기술은 많이 익혔지만 달리기 속도는 빨라지지 않았다. 달리기는 배운다고 빨라지는 게 아니었다. 그래서 주원이가 우진이에게 수비하라고 했을 때 싫다고 할 수 없었다. 누군가는 슛을 차고, 누군가는 상대의 공격을 막아야 하는 게 축구이기 때문이다.

태웅이랑 도연이가 공을 주고받으며 왼쪽 골대를 향해 움직였다. 둘은 틈만 나면 축구를 했기 때문에 호흡이 잘 맞았다. 우진이가 적극적으로 태웅이를 마크했다. 태웅이도 팔과 가슴으로 우진이를 막으며 볼을 드리블했다. 우진이가 공을 빼앗으려고 태웅이 다리 사이로 오른발을 뻗어 슬라이딩하려고 했다. 하지만 그걸 미리 알아챈 태웅이는 재빨리 왼발에 있던 공을 오른발로 보내고는 방향을 비틀어 공을 차고 나갔다. 역시나 태웅이 공을 가로채는 건 쉽지 앉았다. 주원이와 현이가 태웅이를 둘러싸며 바짝 붙었다.

우진이는 주원이와 현이의 수비가 마음에 안 들어서 소리쳤다.

"야, 골문 앞을 지켜!"

그 순간 태웅이가 공을 재빨리 도연이에게 패스했다. 주원이와 현이는 도연이 뒤를 쫓아 달렸다. 태웅이는 미친 듯이 골문을 향해 뛰면서 도연이에게 공을 보내라는 눈빛을 보냈고, 도연이는 공을 태웅이에게 길게 패스했다. 태웅이는 공을 정확하게 받아서 골문 안으로 날렸다.

"골인!"

태웅이와 도연이가 좋아서 펄쩍펄쩍 뛰었다.

이번에는 우진이가 공을 잡았다. 우진이도 태웅이처럼 골을 넣고 싶었다. 우진이는 공을 오른발로 드리블하며 상대 골문으로 달렸다. 도연이가 앞을 막아섰다. 우진이는 공을 왼발로 옮긴 뒤, 몸을 비틀어 공을 몰았다. 태웅이가 수비하려고 골문 앞에서 기다리고 있었다. 그때 주원이가 우진이에게 자기 쪽으로 공을 패스하라며 소리쳤다.

"야, 패스, 패스!"

하지만 우진이는 자기도 태웅이처럼 멋지게 드리블해서

골을 넣고 싶었다. 도연이가 앞을 막았지만, 키가 작고 마른 도연이를 돌파할 자신이 있었다.

'너 하나쯤은 문제없어.'

우진이는 공을 주원이에게 패스하지 않고 드리블하며 상대 골문 쪽으로 달렸다. 하지만 도연이가 다리 사이로 슬라이딩해서 공을 오른쪽으로 차 냈고, 그걸 본 태웅이가 공을 쫓아가 발로 잡은 뒤 힘껏 달렸다. 주원이와 현이도 태웅이를 쫓아갔다. 그러자 태웅이는 골문 우측에 있는 도연이에게 공을 패스했고, 도연이가 망설임 없이 왼발 슛을 날렸다.

"아싸, 골인!"

도연이는 두 손을 번쩍 들고 환호했고, 태웅이도 "우아!" 하면서 탄성을 질렀다. 그때 5교시 수업을 알리는 종소리가 들리자 자연스럽게 경기가 끝났다.

현이가 우진이에게 짜증스러운 목소리로 종알댔다.

"너 때문에 졌어. 네가 빨리 패스해 줬으면 우리 팀이 골을 넣었을 거야."

주원이도 고개를 끄덕였다.

"맞아."

주원이까지 현이 말에 맞장구를 치자, 우진이는 기분이 상했다.

"그게 왜 나 때문이야?"

우진이는 자신이 다른 아이들보다 뭐든 잘한다고 믿었다. 5학년이지만 영어도 수학도 중학교 과정을 하고 있고, 축구 클럽에 오래 다녀서 기술도 많이 알았다. 그런데 축구 기술도 잘 모르는 애들이 자기 때문에 졌다고 하니 어이없었다. 태웅이는 한술 더 떴다.

"야, 이우진, 넌 그것도 몰라? 공을 자기한테 오래 머물게 하면 안 된다는 거."

"맞아, 공을 어디로 줄지 빨리 판단해서 패스해야지."

현이가 수긍하자, 태웅이가 또다시 한 방 세게 날렸다.

"유치원생이냐? 혼자 공 갖고 놀려고 하게?"

그 말에 아이들의 웃음보가 빵 터졌다. 우진이는 귓바퀴가 벌겋게 달아오르면서 다시는 떠올리고 싶지 않은 기억이 생각났다.

우진이는 외동이다. 엄마는 우진이에게 1학년 때부터 레고 팀을 짜 주었다. 우진이는 기차를 좋아해서 기차만 조립했다. 다른 애들이 신전, 마을, 슈퍼히어로를 조립하자고 해도 싫다며 기차만 조립했다. 아이들도 우진이 말에 따라 주었다. 그때는 아이들이 어떤 마음으로 자기 말을 따라 주었는지 전혀 몰랐다. 아니, 관심도 없었다. 그러다 한 아이가 다른 레고 팀으로 가면서 해 준 말은 정말 충격적이었다.

"너랑 진짜 같이 하기 싫었어. 너는 맨날 기차만 조립하자고 우겼잖아. 우린 너무 지겨웠어. 너네 엄마 때문에 참은 거야. 너네 엄마가 너 몰래 우리한테 미안하다며 사과하고 선물 줬어. 너는 외동이라서 친구가 필요하다고……. 우린 네가 기차 조립하자고 고집부릴 때마다 유치원 다니는 동생이라고 생각하며 참기로 했어. 어쩔 수 없이……."

그 뒷말은 안 해도 알 것 같았다.

'…… 친구가 돼 준 거야.'

우진이는 너무 창피해서 먼지가 되어 사라지고 싶었다. 나중에 알고 보니 엄마는 다른 수업 팀 애들한테도 선물을 주며 우진이 친구가 돼 달라고 부탁했다. 선물로 얻은 친구는 그때만 친구가 돼 주었다. 수업 팀이 해체되면 알은척도 안 했다. 이제 엄마는 그렇게 친구를 만들어 주지 않지만, 그때를 생각하면 창피해서 숨이 멎을 지경이다. 그

유치원생이냐?
혼자 공 갖고
놀려고 하게?

런데 지금 태웅이가 레고 팀의 그 아이처럼 우진이에게 유치원생처럼 군다며 비꼰 것이다. 우진이는 다른 아이들도 자기를 그렇게 취급할까 봐 불안했다.

태웅이가 앞서서 교실로 걸어갔다. 우진이는 일부러 탱크처럼 태웅이 어깨를 밀고 가 버렸다. 앞으로 고꾸라질 뻔한 태웅이가 눈을 부라리며 소리쳤다.

"야, 이우진! 너 일부러 어깨 밀쳤지?"

태웅이가 소리쳤지만, 우진이는 화가 풀리지 않았다.

그날 오후, 우진이는 수학 학원 수업을 마치고 집으로 갔다. 우진이가 사는 스카이아파트 뒤쪽 담장 중간에는 투명한 쪽문이 있었다. 거기에는 디지털 도어 록이 설치되어 있는데 주민들만 아는 비밀번호를 눌러야 문이 열린다.

우진이는 비밀번호를 누르고 쪽문으로 들어갔다. 그런데 쪽문을 탕탕 두드리는 소리가 났다. 뒤돌아보니 태웅이가 문을 열어 달라며 소리쳤다.

"야, 이우진, 빨리 문 좀 열어 줘. 나 전철역에 가서 할머니 모셔 와야 해. 엄마 심부름이야!"

동문시장에서 전철역까지는 쪽문을 통해 가로질러 가면

빠르다. 그렇지 않으면 담장을 따라 빙 돌아가야 한다. 우진이는 비밀번호를 누르지 않고 버텼다. 아까 유치원생이라고 놀렸으니 이렇게라도 복수하고 싶었다.

"야, 빨리 문 좀 열어 줘!"

"고장 났어."

"야, 거짓말 좀 하지 마. 아까 다른 사람이 들어가는 거 봤어. 빨리 안 열어? 전철역에서 할머니랑 삼촌이 기다린다고."

우진이는 태웅이가 열어 달라고 애원하면 문을 열어 줄까 생각했다. 하지만 쌕쌕 콧김을 뿜어내는 코뿔소처럼 태웅이가 바락바락 신경질을 내니까 열어 주고 싶은 마음이 싹 가셨다. 축구할 때처럼 자기를 무시하는 것 같아서 자기도 무시해 주고 싶었다.

"여긴 우리 아파트 땅이잖아. 우리 엄마가 그랬어, 아무나 들어오면 안 되니까 이렇게 쪽문으로 막아 놓는 거라고."

태웅이는 주먹을 쥐고 우진이를 노려봤다.

"두고 보자, 나쁜 새끼."

태웅이는 담장을 따라서 전철역으로 달렸다.

두고
보자

5. 숙제 좀비

부반장인 현이가 선생님이 알려 준 공지 사항을 반톡방에 올렸다.

> **• 아래 1, 2번 중 하나를 선택하고 의견 표시하기**
>
> ① 운동회 날 입으려고 걷은 단체복값을 모니터 수리비에 보탠다. 우진이가 개불쌍하니까.
>
> ② 완전 싫다. 단체복 입고 우리 반 축구 경기 응원해야 함.

아이들의 댓글이 줄줄이 달리기 시작했다.

흥민짱 2번. 우진이가 깼는데 왜 우리가 냄? 우진이는 늘 자기 집 돈 많다고 자랑했음.

별나라 2번. 단체복 입고 축구 응원하련다.

대왕문어 1번. 우진이 표정 개구림. 도와주셈.

보라보라 1번. 어쩔 수 없지 뭐. 우진이가 개불쌍하다며.

로봇맨 222번. 우진이가 아빠 차 바꿨다고 자랑했는데 뭐가 불쌍해? 외제 차임.

점프 나도 2번. 안 불쌍함. 저번에 학교에 축구공 갖고 왔는데 엄청 비싼 거라고 자랑했음.

우진이는 반톡방에 들어갔다가 댓글을 읽고 기절할 뻔했다. 애들이 대놓고 자기 욕을 하는 것 같았다. 엄마가 저녁 먹으라고 여러 번 불렀지만 밥이고 뭐고 다 싫었다. 공지를 올린 현이에게 배신감을 느꼈다. 영어 학원도 같이 다니고, 축구도 자주 해서 그럭저럭 친해졌다고 믿었는데 그게 아니었다는 생각이 들었다. 아이들의 댓글도 사실과 달랐다. 특히 아빠 차 바꿨다고 자랑질했다는 말에는 억울했다. 지각할 뻔해서 아빠가 학교 정문까지 태워다 주었고, 차를 좋아하는 민석이가 무슨 차종이냐고 물어봐서 말해 준 것뿐이다. 축구공도 딱 한 번 학교에 가져갔다. 작년 K

우진이가 깼는데··· 자기 집 돈 많다고···
흥민짱
우진이 표정 개구림. 도와주셈.
대왕문어
······차 바꿨다고 자랑··
······ 외제차임
로봇맨
점프
안 불쌍

리그 공식 볼이었다. 애들이 갖고 온 공들이 낡아서 새것을 가져가면 좋아할 것 같았다. 은근히 자랑하고 싶은 마음이 없었던 건 아니다. 하지만 그보다는 좋은 공으로 축구하면 훨씬 신나게 할 것 같아서 그런 거다.

엄마가 방으로 들어왔다.

"나와서 밥 먹으라니까. 몇 번 불렀는데 왜 안 나와?"

"싫어. 말 시키지 마. 짱나."

우진이가 짜증을 내자 엄마의 표정이 차갑게 얼어붙었다.

"이우진, 너 자꾸 욕할래? 너 전학 온 뒤부터 말할 때 욕 섞어 쓰는 거 알아? 행동도 거칠어지고."

"그게 뭐? 애들도 다 그러는데. 그리고 이건 욕도 아니야."

우진이가 입술을 삐죽 내밀며 말하자, 우진이 엄마는 어이가 없어 말도 나오지 않았다. 잠시 뒤 엄마가 물었다.

"영어 숙제 다 했어?"

"…… 하다 말았어. 숙제가 너무 많아."

영어 숙제는 끔찍했다. 영어 지문을 녹음하고, 녹음한 걸 완벽하게 외우고, 외운 것을 애들 앞에서 좔좔 말해야 했다. 영어뿐만 아니라 수학, 논술, 과학 숙제도 해야 한다.

숙제 더미에 깔려 헐떡이는 물고기 같다.

그런데 엄마는 호되게 꾸짖었다.

"그걸 지금까지 못 하면 어떡해? 연산 문제집은?"

우진이는 고개를 가로저었다.

"그것도 안 하면 어떡해. 내일 선생님 오는 날인데."

"시간이 없잖아!"

우진이가 소리를 꽥 질렀다.

가뜩이나 반톡방 댓글 때문에 속상해 죽겠는데 엄마는 숙제 소리밖에 안 한다. 엄마는 연산 문제집을 풀어 놓으라며 책상에 올려놓고 나갔다.

우진이는 문제를 풀려고 했지만 집중이 안 됐다. 반톡방에 어떤 글이 올라왔는지 신경이 쓰여 자꾸 휴대폰만 쳐다봤다. 2번이 압도적으로 많았다. 그런데 어느새 방에 들어온 엄마가 휴대폰을 빼앗으며 쏘아붙였다.

"너, 지금 뭐 해? 빨리 연산 문제 풀라니까."

"몰라. 애들이 반톡방에서 내 욕 막 하는데……."

엄마는 반톡방 공지를 확인했다. 엄마도 기분이 상했는지 표정이 안 좋았다. 선생님한테 무슨 일인지 물어볼 테니 빨리 문제나 풀라고 했다. 우진이는 아무것도 하기 싫었다. 좀 전까지 수학 학원에서 문제 풀고, 오답까지 풀고 왔는데 또 연산 문제를 풀라니. 문제를 쳐다보기도 싫어 가만히 있었다. 그런데 엄마가 엉뚱한 말을 했다.

"혹시 친구들하고 문제 있니? 힘든 거 있어? 반톡방을 봐도 그렇고."

엄마가 틀렸다. 우진이에게 가장 힘든 건 엄청난 숙제였다. 산업 혁명 때 영국의 가난한 아이들은 탄광이나 직물 공장에서 하루 열여덟 시간을 기계처럼 일했다는데, 자신도 그 아이들처럼 숙제를 하루 종일 해야 하는 노동자 같았다. 그런데 끔찍한 건 오늘 숙제를 끝내도 내일은 더 많은 숙제가 기다리고 있다는 거다. 아무리 죽여도 되살아나는 숙제 좀비 같다. 우진이가 이맛살을 찌푸리며 입을 꾹 다물었다. 그걸 지켜보던 우진이 엄마가 말했다.

"너 쉬는 시간마다 시장 뒤에 사는 애들이랑 축구한다며? 선생님과 모니터 깨진 사고 얘기하다 알게 됐어. 걔네들이랑 축구하지 마. 그 애들 말도 행동도 거칠어. 네가 걔네들이랑 어울리니까 그 애들처럼 닮아 가는 거잖아."

우진이는 어이없고 황당했다.

"그럼 누구랑 놀아? 누구랑 축구하냐고?"

"우리 아파트에 사는 애들 모아서 축구팀 짜 줄게. 코치 선생님도 붙여 줄 테니까 기다려."

우진이는 가슴이 옥죄었다.

진짜 답답하다. 축구는 대부분 반 아이들끼리 한다. 같은 아파트에 사는 애들끼리 팀을 짜서 공부하듯 할 수 없다. 특히 남자아이들은 축구를 잘하는 아이 중심으로 모인다. 우리 반에서는 태웅이였다. 축구를 못하면 아무도 같이 하려고 하지 않는다. 축구를 하지 않으면 왕따 아닌 왕따가 될 수 있다.

우진이는 혼자 노는 게 싫었다. 그리고 엄마가 만들어 준 친구 말고 자기를 진심으로 좋아해 주는 친구를 만들고 싶었다. 그런데 친해지고 싶은 주원이, 민석이, 현이는 자기보다 태웅이를 좋아했다. 자기랑 놀다가도 태웅이가 축구공을 들고 운동장으로 가면 태웅이를 쫓아갔다.

솔직히 태웅이와 친해지고 싶은 마음이 없는 건 아니다. 그런데 축구할 때 자꾸 "이것도 모르냐?" 하면서 한참 어린 동생 대하듯 하는 말투가 싫었다. 그때마다 우진이는 태웅이보다 축구를 잘하고 싶다는 오기가 들었다. 태웅이보다 축구를 잘하면 애들은 태웅이가 아니라 자기 뒤를 따라다닐 것 같았다. 그래서 아침에 일찍 일어나 공터에 가서 슛 연습도 했다. 그런데 엄마는 우진이가 이렇게 친구를 만들려고 애쓰는지도 모르고, 반 아이들하고는 축구를 하지 말라고 한다.

'엄마는 정말 아무것도 몰라.'

우진이는 속으로 말했다.

거실에서 전화벨이 요란하게 울렸다. 엄마는 "어서 숙제나 해." 하면서 다급히 방을 나갔다.

우진이는 이를 악물고 숙제를 했다.

'해도 해도 또 해야 하는 숙제.'

숙제가 밉다. 아니, 숙제만 시키는 엄마가 밉다.

굵은 눈물이 손등에 뚝 떨어졌다.

숙제나 해

6. 축구 왕따

태웅이와 도연이가 점심시간에 운동장에서 축구를 했다. 그걸 본 주원이, 민석이, 현이도 달려갔다. 우진이도 하고 싶었지만 태웅이랑 같이 하는 게 정말 싫었다. 그때 주원이가 우진이에게 빨리 오라고 손짓했다.

"야, 이우진, 빨리 와."

이번에는 주원이가 부르는 바람에 어쩌지 못해 간다는 듯 터덜터덜 갔다. 가위바위보를 해서 두 팀으로 나누었다. 우진이는 태웅이, 주원이와 한 팀이 되었고, 도연이, 현이, 민석이가 한 팀이 되었다.

공격은 우진이 팀이 먼저 했다. 상대편 골문은 오른쪽이었다. 주원이는 태웅이에게 공을 빠르게 패스하면서 오른쪽으로 달렸다. 그런데 우진이가 골문 가까이 달려갔는데도 태웅이가 패스해 주지 않았다. 우진이는 태웅이에게 빨리 패스해 달라는 눈짓을 보냈다. 태웅이는 '너 일부러 쪽문 안 열어 줬지? 치사한 놈.'이라고 말하는 것처럼 꼬나보더니 골문과 멀찍이 떨어져 있는 주원이에게 패스하는 게 아닌가. 우진이는 주원이에게 얼굴을 돌리며 '나에게 패스해.'라는 신호를 손짓으로 보냈다. 그런데 태웅이도 주원이에게 자기에게 패스하라는 손짓을 보냈다. 주원이는 망설이더니 태웅이에게 패스했다.

우진이는 버림당한 기분이었다. 주원이와 친해지고 싶어서 가장 아끼는 포켓몬 카드도 주었는데……. 주원이도 함께 한강으로 자전거 타러 가자고 했는데……. 정말 친구가 됐다고 믿었는데, 그게 아니었나 보다. 주원이는 반장이니까 누구와도 잘 어울리려고 적당한 친절을 베푼 건가. 그 뒤로 태웅이와 주원이는 약속이나 한 듯 서로 공을 주거니 받거니 했다.

'축구 왕따.'

누군가 자신을 이렇게 놀리는 것 같았다. 비참하고 초라

축구 왕따

해서 다리에 힘이 풀려 몇 번이나 넘어질 뻔했다. 우진이는 입술을 깨물며 다짐했다.

'그래, 너희들이 따돌리려면 따돌려 봐. 내가 상대 팀한테서 공을 빼앗아 골 넣을 테니까. 아무 도움 안 받고, 나 혼자.'

우진이는 축구 왕따에서 탈출하는 방법은 그것밖에 없다고 생각했다.

도연이가 주원이의 골을 빼앗아 왼쪽 골문을 향해 달렸다. 우진이는 도연이 옆으로 나란히 달리면서 공을 언제 가로챌지 타이밍을 찾았다. 도연이도 공을 뺏기지 않으려고 왼발 오른발 번갈아 쓰며 달렸다. 우진이는 머릿속으로 그림을 그렸다.

'도연이 발에서 공이 떨어질 때를 기다린다. 공이 떨어지면 도연이 발이 닿기 전에 재빨리 공에 발을 갖다 대고 발 안쪽으로 공을 차서 빼앗는다. 공을 지키며 일어나 폭풍 드리블해서 골을 넣는다! 애들은 나를 향해 환호성을 지른다. 태웅이와 주원이는 나를 왕따시키고 지들끼리 패스한 걸 후회한다…….'

우진이는 마지막 장면을 상상하자 반드시 그렇게 되게

끔 하고야 말겠다는 의지가 활활 솟구쳤다. 도연이가 지키고 있는 공을 뚫어져라 쳐다봤다. 어느 순간, 도연이 오른발에서 공이 튕겨 나갔다. 이때다! 우진이는 공을 뺏으려고 왼발을 쭉 뻗었다. 그 순간 도연이도 공을 지키려고 발을 왼쪽으로 움직이다 무릎이 꺾였다. 우진이가 공을 차려고 했지만 공은 엉뚱한 데로 튕겨 나갔다. 그 결과 도연이 다리만 건드려서 도연이가 넘어졌고, 자신도 바닥에 엎어졌다.

"야, 이우진, 너 지금 유도하냐? 왜 도연이 다리를 걸고 넘어지냐?"

태웅이가 비꼬자, 현이가 실실대며 거들었다.

"이우진, 네 발에 기름 발라 놨냐? 공이 네 발에 닿기만 하면 엉뚱한 데로 미끄러지잖아."

애들이 킥킥댔다.

이상했다. 태웅이랑 축구를 하면 환상적인 드리블, 골문 안 그물을 흔드는 멋진 슛을 차는 모습을 보여 주기는커녕 개망신만 당한다. 우진이는 그게 진짜 짜증 났다.

우진이는 일어나서 넘어진 도연이 손을 잡아 주려고 했다. 그런데 태웅이가 먼저 도연이에게 손을 내밀었고, 도연이는 태웅이 손을 잡고 일어났다. 우진이는 축구도 잘하는데 성격까지 좋은 동네 형처럼 구는 태웅이가 꼴사나웠다.

경기가 다시 시작되었다. 주원이가 공을 잡고 태웅이를 쳐다보았다. 태웅이는 골문 우측으로 내달리며 주원이에게 소리쳤다.

"주원아, 여기로 패스!"

주원이는 태웅이의 위치를 보고 오른발로 공을 차서 태웅이에게 패스했다. 태웅이 뒤에 있던 민석이가 공을 빼앗으려고 태웅이 다리 사이로 미끄러져 들어가 발 안쪽으로 공을 차 내려고 했다. 하지만 태웅이가 공을 발바닥으로 잡은 뒤, 발끝으로 밀어 버리고 왼쪽으로 몸을 돌리며 공을 차 냈다. 그 공을 빼앗으려고 민석이가 찼는데 공이 터치라인을 넘어갔다. 민석이는 공을 주워 오려고 라인 밖으로 나가 공을 발로 찼다.

우진이가 그걸 보고 똑 부러지게 말했다.

"홍민석 스로인 반칙. 공이 터치라인 밖으로 나가면 볼을 양손으로 잡아서 던져야 해. 그런데 민석이는 발로 공을 찼으니까 반칙했어. 우리가 프리킥해야 해."

아이들은 어떻게 해야 할지 몰라 서로 얼굴만 쳐다봤다.

그런데 태웅이가 우진이 말을 깔아뭉갰다.

"네가 전학 온 지 얼마 안 돼서 모르는 모양인데, 우리 학교에는 우리가 만든 축구 규칙이 따로 있어. 우리는 공이 터치라인 밖으로 나가면 발로 차. 그러니까 민석이가 반칙한 게 아니라고."

"말도 안 돼! 왜 너희들은 축구하면서 규칙을 어기는데? 하려면 제대로 해."

우진이가 목소리를 높였다.

"우리가 뭐 K리그에서 뛰냐? 우리는 아무 데서나 축구를 재미있고 쉽게 하려는 거니까 그렇지."

태웅이가 맞받아치자 주원이가 고개를 끄덕였다.

"맞아, 축구 규칙이 우리한테는 안 맞는 게 많아."

우진이가 반박했다.

"어렵고 복잡한 규칙을 다 지키는 건 힘들어도, 스로인 같은 규칙을 지키는 건 쉬워. 마음대로 규칙을 바꾸면 안 돼."

"우린 싫어."

태웅이가 말했다. 다른 애들도 태웅이 편이라는 듯 가만있었다.

우진이는 모두에게 밀려난 진정한 왕따가 된 것 같았다.

매의 부러진 날갯죽지처럼 어깨가 축 처졌다.

"나 안 해."

우진이는 몸을 홱 돌려 가 버렸다.

7. 휴대폰 공개

우진이가 교실로 들어가자 다른 아이들도 뒤따라갔다.

마지막 수업이 끝날 때쯤 선생님이 이름을 불렀다.

"김주원, 차도연, 이우진, 박태웅, 김현. 너희들은 연구실로 와라."

아이들은 연구실로 갔다.

"공으로 모니터를 깬 아이를 아직 찾지 못했다. 설문지를 봤지만 찾을 수가 없었어. 확실한 건 너희들이 청소 시간에 축구를 했다는 거야. 너희들 중에서 모니터를 향해 공을 찼거나, 본 아이가 있을 것 같은데……. 정말 누군지 모르니? 마지막으로 물어볼게."

선생님은 그렇게 말하며 현이를 쳐다보았다. 현이는 지레 놀라서 말했다.

“선생님, 저 아니라니까요. 의심스러우면 문자 메시지라도 보세요. 저는 사고가 터진 날 주원이랑 문자를 주고받았어요. 누가 모니터를 깼는지 모르겠다고. 진짜예요.”

문자 메시지라도 보라는 말에 아이들은 깜짝 놀랐다. 하지만 선생님은 그 말도 일리가 있다고 생각했다.

얼마 전, 선생님은 수리 기사와 통화했다. 수리 기사가 왜 모니터가 깨졌는지 물었다. 축구공이 아이 손등에 부딪치고 튕겨 나가 모니터를 깬 것 같다고 했더니 그건 아니라고 했다.

“선생님, 이건 반드시 모니터를 부수겠다고 작정하고 공을 세게 찬 거예요. 그렇지 않고는 저렇게 높은 데 있는 모니터 가운데가 푹 꺼지고 사방으로 금이 갈 수 없어요.”

그 말을 듣는 순간 선생님은 등골이 오싹했다. 지금까지 모니터가 깨진 건 아이들이 공을 갖고 놀다 벌어진 단순한 사고라고 여겼다. 그런데 작정하고 모니터를 부쉈다면 이건 단순한 사고가 아니었다.

‘누굴까? 누가 작정하고 모니터를 깼을까, 왜?’

아무리 머리를 쥐어짜도 누가 모니터를 작정하고 부쉈는지 짐작도 안 갔다. 그래서 청소 시간에 공을 찬 아이들을 불러 물어봐야겠다고 계획한 것이다.

선생님은 현이 말대로 아이들의 문자 메시지를 보면 누가 범인인지 알 수 있지 않을까, 하는 생각이 들었다. 아이들에게 수리 기사의 말을 전하면 서로 의심하고 겁먹을 것 같아 그 말은 하지 않고 물었다.

"현이 말대로 너희들 문자 메시지를 보면 안 될까?"

아이들이 놀라서 눈을 휘둥그레 떴다. 선생님은 아이들의 동의를 얻기 위해 진심으로 말했다.

"선생님은 이 일을 빨리 해결하고 싶었어. 그래서 단체복 사려고 걷은 돈을 수리비에 보태려고 했어. 우리 반에서 벌어진 일이니 우리 모두 책임지자는 의미로. 그래서 부반장한테 반톡방 공지에 올려 아이들 의견을 모아 보려고 했던 건데……."

선생님은 고개를 돌려 현이를 쏘아보며 말했다.

"부반장이 내가 말한 의도와는 다르게 글을 올려놔서 그것도 틀어지게 됐다……. 현이야, 반톡방 공지 내렸니?"

"네."

현이가 뚱하게 대답했다.

선생님은 우진이 엄마와 전화 통화를 했다. 반톡방에 우진이에 관한 댓글이 달렸는데, 우진이가 그걸 보고 상처를 받았다고. 선생님은 반톡방 공지를 확인하고 자신이 말한 의도와 다르게 부반장이 공지를 올린 것 같다며 사과했다. 그런데 정작 현이는 자기가 뭘 잘못했는지 모르는 눈치였다.

아이들이 아무 말도 하지 않자, 선생님이 물었다.

"왜 싫으니?"

"아니요, 괜찮아요. 전 모니터를 깨지 않았으니까요."

태웅이가 말했다. 그러자 다른 아이들도 그렇게 하지 않으면 범인으로 의심받을 것 같은지 어쩔 수 없이 고개를 주억댔다.

"고맙다. 너희들이 동의한 거로 알겠다. 그럼 휴대폰 비밀번호를 풀어 봐."

선생님이 그렇게 말하자,

"비밀번호 없는데요."

"저도요."

태웅이와 민석이가 대답했다. 그 말에 도연이는 당황했다.

"전 있어요. 잠시만요."

도연이는 등을 돌린 뒤, 비밀번호를 풀고 휴대폰을 책상에 올려놓았다.

"선생님만 보시는 거죠?"

"당연하지. 선생님만 보는 거다. 걱정하지 마."

"너 누구 좋아하냐? 비밀번호까지 해 놓게."

현이가 묻자, 도연이는 얼굴이 빨개지며 고개를 저었다.

"아니거든."

주원이가 선생님에게 조심스럽게 질문했다.

"선생님, 문자 메시지 내용 전부 다 보시는 거예요?"

그 순간 아이들이 긴장했다. 선생님이 문자 메시지 내용을 전부 다 보는 건 찜찜하고 싫었다.

"사건이 벌어진 전날과 다음 날 것만 볼게. 너희 다섯 명이 주고받은 대화만. 부모님과 한 대화, 다른 친구와 한 대화는 안 볼게. 약속하마."

선생님이 그렇게 말했는데도 주원이의 표정이 유난히 어두웠다. 선생님은 아이들을 안심시키듯 말했다.

"문자 메시지에 비밀이 있으면 다 지켜 주마."

아이들은 선생님에게 휴대폰을 주었다.

선생님은 먼저 현이의 문자 메시지를 보았다.

3월 31일

현이 야, 또 다미새가 공을 꼬불쳤냐?

주원 그래, 진짜 못 찾겠다. 맨날 숨겨. 저번에는 쉽게 찾았는데.

현이 교실 벽장에 비밀 문이라도 있는 거 아닐까? 우리가 모르는.

도연 ㅋㅋ 그럴지도 몰라. 이 학교는 80년이나 됐다며.

태웅 그치, 전쟁이 터졌을 때 이 학교에서 군인들을 치료했대. 병상이 없어서.

현이 실화임?

한태미 선생님이 현이를 쳐다보며 물었다.

"다미새가 누구니?"

현이는 당황해서 얼굴이 빨개졌다. '담임 샘'인데 입에서 나오는 대로 쓰다 보니 다미새가 된 것이다.

"어, 선생님, 다미새는 옆반 다미새예요. 절대로 선생님 아니에요."

"그래 옆 반 다미새겠지……. 그런데 이름 참 특이하다,

다시마로 들려. 다시마, 아니 다미새가 우리 반까지 와서 공을 숨겼나 보구나."

선생님의 가시 같은 농담이 아이들의 심장을 콕콕 찔렀다.

어쨌든 비밀 하나는 풀린 셈이다. 지금까지 선생님은 축구공을 교실 이곳저곳에 숨겼다. 안 쓰는 사물함, 자신의 책상 밑 상자, 우산꽂이 통……. 하지만 녀석들은 번번이 그걸 찾아내 축구를 하고 넣어 둔 거다. 그러니까 모니터가 깨진 날도 처음으로 교실에서 축구를 한 게 아니라는 거다.

"음……."

한태미 선생님은 입술을 잘근 깨물었다. 그 모습에 아이들의 눈동자가 불안하게 흔들렸다.

선생님은 아이들 앞에서 휴대폰을 보면 안 될 것 같아 아이들을 교실로 가라고 했다. 아이들이 나가자 선생님은 주원이의 문자 메시지를 살펴보았다.

3월 31일

현이 어디임?

주원 피시방.

현이 너 지금 학원 갈 시간 아냐?

주원 엄마한테는 아파서 못 간다고 했음. 엄마는 집에 있는 줄 암.

현이 참, 내일 우리 이벤트에 필요한 준비물 다시 확인해 봐.

주원 어, 생각만 해도 무지 재밌을 것 같음.

현이 ㅋㅋ 쌤 진짜 놀랄 거야.

한태미 선생님은 깜짝 놀랐다.

'헐, 주원이가 엄마 모르게 피시방에 다니나 보네.'

성실하고 반듯한 주원이가 엄마한테 거짓말까지 하며 피시방에 다닐 줄 몰랐다. 하긴 요즘 주원이 성적이 많이 떨어지긴 했다. 하지만 평소처럼 웃고 다녀서 걱정하진 않았다. 선생님이 문자 메시지를 보겠다고 했을 때 주원이 표정이 왜 어두워졌는지 알 것 같았다. 주원이와 따로 상담해야 할지, 모른 척 지나가야 할지 고민됐다. 그러다 다시 문자 메시지를 보았다. '이벤트에 필요한 준비물' '쌤 진짜 놀랄 거야.' 이 말들이 무슨 뜻인지 궁금했다. 선생님은 계속해서 다음 날 주원이와 현이가 나눈 문자를 확인했다.

4월 1일

현이 쌤은 진짜 우리 마음 몰라 줘.

주원 그렇게 화낼 줄 몰랐어.

현이 우리가 얼마나 개고생해서 준비한 건데…… 그렇게 화만 내냐고. 쌤하고 재밌게 놀 줄 알았는데…… 근데 놀지도 않고…… 그래서 축구가 더 하고 싶었던 것 같아.

주원 비가 와서 운동장에 계속 못 나갔으니까…… 참긴 참았지. 오랫동안 교실에서도 안 했잖아.

현이 근데 누가 공으로 모니터를 깬 거야? 난 분리수거하느라 못 봄. 넌?

주원 못 봤어. 어떤 애가 까마귀가 온다고 소리쳤잖아. 근데 까막샘이 아니라 교감 샘이 들어올 줄이야.

한태미 선생님은 놀라서 탁상 달력을 넘겼다.

모니터가 깨진 날은 4월 1일.

'이날은 만우절……. 맞아, 아이들이 만우절 이벤트를 했지.'

선생님은 천천히 만우절 날을 떠올렸다. 그날은 5교시가 마지막 수업이었다. 5교시 수업을 하려고 교실에 들어갔다. 그런데 앞문이 잠겨 있었다. 갑자기 고장났나 싶어 뒷문을 열었는데, 문 위에 아슬아슬하게 걸쳐 놓은 실내화가 머리로 떨어졌다. 아이들은 책상을 치며 깔깔댔다. 아이들은 깔때기 모자를 쓰고 마음대로 자리를 바꿔 앉았다. 게시판에 있는 그림들은 칠판에 붙어 있고, 칠판 옆에 있던 시계와 아크릴로 만든 시간표 액자는 게시판에 걸려 있었다. 시간표 액자는 옮기다 떨어뜨렸는지 구멍이 나 있었다.

선생님은 아이들이 교실을 난장판으로 만든 것보다 시간표 액자를 깨뜨린 게 화가 났다.

'내가 시간표 액자를 만드느라 얼마나 정성을 쏟았는데……. 아무리 만우절 장난을 치고 싶어도…… 그것까지 옮겨야 했니?'

선생님은 이렇게 소리치고 싶은 걸 꾹 참고 반장에게 물었다.

"이게 뭐야? 반장 말해 봐."

주원이가 일어나서 크게 말했다.

"선생님, 오늘 만우절이잖아요."

애들이 "우-." 소리 지르며 손뼉 쳤다. 한태미 선생님은 웃음이 안 나왔다. 이걸 주도한 반장과 부반장이 못마땅했다.

"책 펴. 수업해야지."

"아아, 싫어요……."

아이들은 수업할 마음이 조금도 없어 보였다. 하지만 선생님도 만우절 장난에 휘둘리고 싶지 않았다. 일부러 목에 힘을 주고 말했다.

"책 펴. 수업 끝나면 모든 것을 원래대로 돌려놔. 게시물, 시계, 시간표, 책상……."

"아아, 공부하기 싫어요."

"첫사랑 이야기해 주세요."

한 아이가 이렇게 말하자, 다 같이 한여름 매미처럼 합창하기 시작했다.

"첫사랑, 첫사랑, 첫사랑!"

한태미 선생님에게 첫사랑은 쓰린 기억이었다. 대학교 때 학교 선배를 좋아했다. 선배도 자기를 좋아하는 줄 알고 용기를 내서 고백했다. 그런데 선배는 한태미 선생님과 가장 친한 친구와 사귀고 있었다. 그것도 눈치채지 못하고 좋아했던 게 너무나 창피했다. 죽을 때까지 땅속에 들어가 나오고 싶지 않았다.

그 뒤로 외모에 대한 자신감도 떨어졌다. 그래서인지 자기도 모르게 옷을 사면 검은색, 밤색 계열만 샀다. 그리고 사람들과의 관계에서도 적당한 거리를 유지하려고 했다. '적당한 거리'란 사람들에게 마음을 너무 많이 주지 않는 거다. 너무 많이 마음을 주면 상처를 쉽게 받는다. 그렇다고 마음을 너무 안 주면 관계가 냉랭해진다.

아이들을 대할 때도 마찬가지였다. 선생님은 이 순간에도 적당한 거리를 찾으려고 애썼다. 교실을 난장판으로 만들었다고 화를 내면 아이들은 만우절 이벤트에 기분을 맞춰 주지 않는다며 실망할 거다. 그렇다고 첫사랑 이야기를 해 주자니 창피해서 입이 떨어지지 않았다. 선생님은 어떻게 말해야 할지 고민하다 아이들에게 화를 내지 말자고 마음먹었다. 그리고 오늘은 만우절이 아닌 평소와 다름없는 날이란 걸 깨우쳐 주듯 반듯한 자세로 담담하게 말했다.

"자, 다들 입 다물고 국어책 펴. 오예지, 34쪽 읽어."

아이들은 더는 이벤트가 진행되지 않음을 느끼며 샐쭉한 표정으로 책을 폈다.

선생님은 다시 휴대폰 문자를 살펴보다 또 다른 사실도 알게 됐다.

'그러면 여기서 애들이 말한 까막샘은? 나? 내 별명? 왜 나를 까막샘이라고 하지? 아, 내가 옷을 검은색, 밤색 계열로 입어서…… 애들 눈에는 다 까매 보였던 거구나. 그럼 까마귀나 까막샘 모두 내 별명이었구나.'

얼굴이 확 뜨거워지고 헛웃음이 났다. 교실에 까마귀가 나타났다고 해서 진짜 까마귀가 들어온 줄 알았다. 학교에 나무가 많아서 까마귀, 까치도 쉽게 볼 수 있었다. 선생님은 마음이 복잡했다. 우선 이 사건을 정리해 봐야겠다는 생각이 들어 노트를 폈다.

1. 모니터가 깨진 날은 4월 1일 만우절.

2. 만우절 날 아이들은 교실을 난장판으로 만들었다. 2모둠이 청소했고, 도연이가 공을 발견해서 꺼냈다고 한다. 그런데 이게 사실일까? 그날 만우절이었으니까 혹시 거짓말한 게 아닐까?

3. 내가 만우절인데도 놀아 주지 않자, 아이들이 축구공을 찾아 신나게 놀았다. 마치 내게 복수하듯? 아니, 아니, 복수까지야. 그냥 재미있게 놀고 싶었던 거겠지. 폭죽처럼 팡팡 터진 거야. 지루하게 수업만 했으니까.

4. 아이들은 축구를 했고, 누군가 공을 찼다. 그런데 그게 우진이 손등에 맞고 튕겨 나가 모니터를 깼다?

5. 그 아이는 정말 모니터를 부수려고 찼을까? 수리 기사의 말은 그렇다고 한다. 그렇게 간 큰 아이가 있을까? 도연이, 주원이, 현이, 우진이, 태웅이……. 이 중에는 없는 듯하다. 간이 손바닥만 할 거고, 장난기 많은 현이도 그런 장난은 못 칠 거다. 그럼 혹시 미워하는 아이를 맞히려고 찬 게 아닐까. 그 아이 대신 모니터가 맞은 건가? 그렇게 미워할 정도라면 어떻게 함께 신나게 축구를 하지?

한태미 선생님은 책상 안쪽 벽에 있는 우산꽂이 통을 보았다. 폭이 좁고 길어서 키가 작은 도연이가 공을 꺼내기 힘들 것 같았다.

'도연이가 아니라면 축구공을 꺼낸 아이는 누굴까. 도연이는 왜 자기가 꺼냈다고 했을까? 그렇다면 공을 꺼낸 아이가 모니터를 부순 진짜 범인일까? 축구를 하려고 한 게 아니라 처음부터 모니터를 부수려고 마음먹고?'

선생님은 머리가 지끈거려 두 손을 이마에 대고 꾹꾹 눌렀다.

8. 산책 가는 길

선생님에게 휴대폰을 돌려받은 태웅이는 서둘러 교문 밖으로 나갔다. 도연이가 따라왔다.

"태웅아, 오늘은 축구 연습 안 해?"

"오늘은 빨리 집에 가서 할머니랑 산책해야 해. 할머니가 아파서 우리 집에 계셔. 약도 잘 먹고 운동도 열심히 해야 좋아진대. 엄마가 일하니까 나더러 하라고 했어."

태웅이와 도연이는 집까지 걸어갔다. 집 앞에서 도연이와 헤어질 때 태웅이가 말했다.

"할머니 산책시키고 나서 전화할게. 공원에서 축구하자."

도연이가 좋다며 손을 흔들었다. 재빨리 골목으로 올라

가는 도연이의 뒷모습을 보며 태웅이는 자신도 모르게 기도했다.

'도연이 아빠가 술을 안 먹었으면 좋겠어요. 술을 안 먹으면 순하대요.'

며칠 전, 도연이가 먼저 아빠 이야기를 했다. 술을 안 마시면 순한데, 술만 마시면 사납게 돌변해서 꼬투리를 잡아 막대기로 엉덩이를 때린다고. 다른 데는 절대 안 때린다고 강조했다. 태웅이는 도연이가 엄마하고 살면 좋겠다고 했더니, 뜻밖에도 도연이는 아빠랑 살겠다고 했다. 엄마도 떠났는데 자기마저 아빠를 떠날 수 없다고. 지금도 아빠 힘을 막을 수 있지만 조금만 더 참아 보겠다고 했다.

태웅이는 집으로 들어갔다. 할머니는 텔레비전을 보고 있었다.

"할머니."

"어, 왔나."

할머니는 반갑게 태웅이를 맞아 주었다.

"할머니, 엄마가 할머니 운동시키래."

할머니는 손을 저었다.

"귀찮다."

"안 돼. 엄마가 꼭 할머니 운동시키라고 했어."

태웅이는 억지로 할머니의 손을 잡아끌었다. 할머니는 온종일 텔레비전을 보는데 뉴스만 본다. 뉴스 보면서 정치인들에게 화내고 욕한다. 생각해 보면 태웅이도 억울할 때 욕한 적이 있다. 할머니도 아픈 게 억울한 거다. 그런데 욕을 하면 그 순간만 후련하고 기분은 나빠진다. 할머니가 욕하지 않았으면 좋겠다. 기분이 계속 나빠지는 할머니의 모습을 지켜보는 게 슬프다.

태웅이는 할머니 손을 잡고 야트막한 언덕이 있는 산으로 갔다. 나뭇잎이 새파랐다. 집에서 나오기 싫다고 뭉그적대던 할머니는 막상 바깥으로 나오니까 표정이 밝아졌다. 그런데 할머니가 두꺼운 점퍼를 입고 있어서 더워 보였다.

"할머니, 안 더워?"

"내는 추운데."

"할머니, 지금 날씨 되게 따뜻한데."

태웅이는 고개를 갸웃했다.

"선선해, 가을이라."

"가을이 아니라 봄인데?"

"바람이 써늘하니 가을인데……."

봄인데 자꾸 가을이라고 우긴다. 할머니의 병은 기억만 잊게 하는 게 아니라 몸이 느끼는 계절도 잊게 하나 보다.

할머니가 말했다.

"태웅아, 저 높은 하늘을 보니께 어제 갔던 동해 바다 같다. 하늘도 바다도 어찌 저렇게 시퍼렇노……. 흰 구름이 하얗게 밀려오는 파도 같지 않나?"

"할머니, 바다에 갔던 건 2년 전인데……. 어제가 아니라……."

"아니다, 어제다."

할머니가 또 우겼다. 태웅이는 입을 다물었다. 자기야말로 할머니가 치매 환자라는 걸 잊고 있다는 생각이 들었다.

할머니 기억은 언제나 '어제'에서 시작했다. 어제가 삼촌 결혼식이었고, 어제가 엄마가 고등학교 졸업한 날이었고, 어제가 아기 낳은 엄마를 위해 미역국을 끓여 병원에 가던 길이었다. 지금도 이렇게 산책하고 있지만, 집에 가서는 어제 일이라고 할 것 같다. 이상하기도 하고 무섭기도 했다. 할머니가 오늘을 살면서도 오늘을 살고 있지 않은 유령처럼 느껴졌다.

엄마는 할머니에게 낮에만 주간 보호소에 가라고 설득했다. 그곳에서 노인들이 치료받고, 운동하고, 종이접기 놀이도 한다고 했다. 그런데 할머니는 팔다리 멀쩡한데 왜 거기 가야 하냐며 자신을 바보 취급하지 말라고 화를 냈다. 할머니에게 오늘이란 시간은 자신을 바보로 인정해야 하는 거라고 느끼는 것 같았다.

할머니와 숲길을 빠져나와 계단을 내려갔다. 중국집 앞을 지나가는데 할머니가 걸음을 멈췄다.

"태웅아, 우리 여기서 자장면 먹고 가자. 너 학교 입학할 때 친척 결혼식 가느라 못 갔다. 미안하다."

오래전 일인데도 할머니가 생생하게 기억하고 있어서 태웅이는 깜짝 놀랐다. 할머니와 중국집에 들어가서 자장면을 먹었다. 되게 맛있었다. 할머니는 잘 먹지 않고 태웅이만 뚫어져라 쳐다봤다.

"할머니 왜 안 먹어?"

"내는 다 먹었다."

할머니 표정이 보름달처럼 환해서 태웅이도 기분이 좋았다.

"할머니, 기분 좋아?"

내는 다 먹었다.

"응, 내는 새끼들이 먹는 모습을 볼 때 제일 행복하다. 니는 언제가 행복하노?"

태웅이는 행복하냐는 질문을 받아 본 적이 없었다. 어떻게 대답해야 할지 몰라 뚱하니 할머니만 쳐다봤다.

"니는 언제 행복하냐니까?"

할머니가 또 물었다. 자꾸 물으니까 생각해 보았다.

'행복한가? 언제 행복하지?'

생각하다 보니 깨달았다. 한 번도 행복에 대해 생각해 본 적 없다는 걸. 아빠 일자리가 불안정해서 엄마는 횟집, 떡집, 곱창집에서 일했고, 지금은 정육점에서 일하고 있다. 그렇게 번 돈으로 태웅이와 여동생의 학원비를 댄다. 피곤하고 지친 엄마의 모습을 보면서 행복에 대해 생각할 수조차 없었던 거다. 행복은 태웅이 게 아닌 것 같다. 빨리빨리 어른 돼서 돈을 벌어 엄마에게 갖다주면 행복할 것 같다. 축구 선수가 되어 돈을 벌면 좋겠다. 그런데 축구 선수가 되려면 돈이 많이 든다. 태웅이는 자기 때문에 엄마가 더 힘들게 될까 봐, 축구 선수가 되고 싶다는 말을 꺼내지 못했다.

자장면을 먹고 할머니와 함께 가게를 나섰다. 붉은 노을이 산에 걸려 있었다. 찬란했던 빛이 어느새 사그라졌다. 신기하다. 눈에 보이지 않는 시간은 어떻게 하늘의 빛깔을 바꿔 놓았을까.

할머니는 또 물었다.

"왜 대답 안 하노? 니는 언제 행복하냐니까."

"몰라, 몰라, 그딴 거."

태웅이는 대답하기 싫어서 고개를 흔들었다. 저 멀리 스카이아파트가 보였다. 고층 아파트라서 동네 어디서든 보였다.

'저기에 우진이가 살고 있지. 우진이는 행복하겠다, 돈이 많아서. 돈 때문에 하고 싶은 걸 못 하지는 않잖아.'

태웅이는 처음으로 우진이가 부러웠다.

Sky
골목
짜장
미용실
Hair

9. 우진이의 비밀

우진이는 엄마 친구가 소개해 준 학원에서 수학 레벨 테스트를 받았다. 우진이와 우진이 엄마는 당연히 테스트를 통과할 줄 알았다. 그런데 원장님은 테스트 결과를 우진이 엄마에게 보여 주며 조심스레 말했다. 다른 아이와 수준 차이가 나서 소수 정예 팀에 넣을 수 없다고. 엄마는 개인 과외를 붙여 실력을 키울 테니 팀에 넣어 달라고 했다. 원장님은 우진이를 팀에 넣으면 다른 학부모에게 항의가 들어와서 부탁을 들어주기 어렵다고 했다. 우진이 엄마는 기분 나쁜 내색을 참고 학원을 나왔다. 운전하는 내내 아무 말도 안 했다.

집에 돌아와 소파에 털썩 앉으며 엄마는 자신도 모르게 말이 터져 나왔다.

"정말 창피해서……."

우진이는 숨이 꽉 막혔다. 레벨 테스트를 통과하지 못한 자신이 창피하다는 건지, 학원을 소개해 준 엄마 친구가 알게 되면 엄마 자신이 창피해진다는 건지. 우진이 엄마는 우진이를 쳐다보며 신경질적으로 쏘아붙였다.

"너 축구하지 마. 너랑 축구하는 애들은 공부에 관심 없는 애들이야. 그런 애들이랑 어울리니까 너도 공부 안 하는 거잖아. 이사 오기 전에 수학 점수가 이랬어? 그때는 항상 백 점 맞거나 하나 틀렸어. 그런데 지금은 서너 개씩 틀리잖아. 그리고 이제는 학원에서도 안 받아 준다니……. 기가 막혀."

우진이 엄마는 한숨을 내쉬었다.

우진이 엄마는 우진이의 재능을 찾아 주려고 어릴 때부터 레고, 피아노, 바이올린, 스키, 종이접기까지 과외를 시켰다. 하지만 우진이에게는 특별한 재능이 보이지 않았다. 우진이 엄마는 우진이가 좋은 대학에 가려면 공부를 잘하는 것밖에 없고, 그러려면 남들보다 숙제를 많이 해야 한다고 믿었다. 하지만 우진이는 숙제가 많아지자 하루하루가 바위를 짊어진 것처럼 고되고, 손발이 밧줄로 묶인 것처럼 갑갑했다. 그나마 숨통을 틔워 주는 건 축구였다. 축구할 때만큼은 숙제고 뭐고 다 잊었다. 공을 차면서 흠뻑 땀을 흘리면 어깨를 짓누르던 무거움도 물방울처럼 가벼워지고, 온몸을 묶고 있던 밧줄에서 풀려난 것 같은 자유로움을 느꼈다. 그런데 엄마는 축구를 하지 말라는 거다. 그건 숨도 쉬지 말라는 말과 똑같았다.

우진이는 일부러 과장되게 말했다.

"축구 안 하면 왕따 당해. 체육 시간에 남자애들은 축구한단 말이야."

엄마는 찔끔 놀랐다.

"그럼 체육 시간에만 해. 점심시간이나 방과 후에 같이 하지 말고……. 어제도 시장 아이들 때문에 아파트 게시판에 글이 올라왔더라."

"무슨 글?"

"아파트 부녀회장이 올린 글인데, 시장 근처에 사는 애들이 쪽문으로 들어와 놀다가 화단을 망쳐 놨다고. 쪽문 비번도 바꾸고, 경비 아저씨한테 우리 아파트에 사는 아이들 아니면 나가게 하라고…… 주민들 의견을 모아 달라고…….”

“주민들 의견은?”

우진이가 물었다.

“다들 부녀회장 말대로 하자는 분위기였는데 1301동에 사는 아주머니 때문에 분위기가 확 바뀌었어.”

“어떤 글인데?”

우진이가 궁금해서 물었다.

“1301동 아주머니는 동문 시장에서 삼십 년 동안 고깃집을 했대. 거기 사는 손님들 때문에 돈을 벌었다고, 우리가 이렇게 잘사는 것도 누군가의 도움을 받았기 때문이 아니겠냐며, 되레 쪽문 도어 록을 없애야 한다고 썼더라. 시장 사람들이 쪽문을 통해 전철역에 빨리 가게 해 줘야 한다고……. 그 말도 틀린 말은 아니지. 하지만 난 우리 아파트 주민 말고 다른 사람들이 쪽문으로 드나드는 거 싫어. 요즘 세상이 얼마나 무섭니?”

우진이는 태웅이에게 쪽문을 열어 주지 않았던 일이 떠올랐다. 하지만 그건 골탕 먹이려고 그런 거다. 우진이도 1301동 아주머니와 의견이 같다. 전철역으로 빨리 가려면 쪽문을 통해 가야 한다. 그걸 막을 권리는 누구에게도 없다. 하지만 그 말을 하면 엄마 잔소리가 길어질 것 같아 아무 말 안 했다.

엄마가 소파에서 일어나면서 말했다.

"수학 과외 선생님 붙일 거야. 반드시 그 수학 학원에 보낼 거야."

"그럼 수학만 세 개야. 학습지까지 하니까."

엄마가 소리쳤다.

"너 오늘 레벨 테스트 떨어진 거 창피하지 않아?"

"그게 왜 창피해?"

우진이가 되묻자 엄마가 폭발했다.

"창피한 줄 모르니까 그따위로 공부하지! 어떻게 그게 창피하지가 않아! 학원에서 오지도 말라는데! 거지처럼 쫓겨났는데!"

수학 레벨 테스트를 통과 못 해 창피한 건 엄마였다. 엄마가 거지가 된 기분이었던 거다. 근데 우진이는 엄마 말을 듣고도 이해가 안 갔다. 그게 창피한 건가? 거지처럼 쫓겨나서 부끄러워해야 하는 건가? 아무리 생각해도 왜 그런 기분을 느껴야 하는지 모르겠다. 손을 부들부들 떠는 엄마가 유치해 보였다.

우진이는 식탁에 휴대폰을 올려놓고 방으로 들어갔다. 휴대폰 사용은 아홉 시까지였다. 수학 숙제를 하다 보니 머리가 아팠다. 시계를 보니 열한 시가 넘었다. 우진이는 스트레스를 풀려고 침대 서랍에 숨긴 공폰을 꺼냈다. 사촌 형이 유학 갈 때 주고 간 거다. 엄마는 모른다. 잠깐 머리를 식히려고 게임을 했다.

요즘 우진이가 가장 많이 하는 게임은 슈퍼 특공대였다. 좀비들이 나타나 도시를 공격한다. 좀비들을 죽일 수 있는 건 총과 축구공이다. 총은 좀비들을 뚫고 나가는 돌파력이 좋다. 하지만 총보다 다이아몬드 축구공으로 좀비를 맞히는 게 더 재미있다. 축구공으로 좀비를 맞히면 불꽃이 팡팡 터진다. 답답했던 속이 뻥 뚫렸다.

십 분만 하려고 했는데 삼십 분이 넘었다. 점점 조절이 안 된다. 수학 문제가 조금만 어려워도 게임을 하고 싶었다. 그러지 말아야지 하면서도 자꾸 생각나서 학교에도 가져가곤 했다. 학교에서 휴대폰을 걷을 때 집에서 쓰던 공폰을 선생님에게 내고, 평소에 쓰는 휴대폰으로 화장실에서 몰래 게임을 했다. 하교할 때도 걸어가면서 게임을 했다.

얼마 전 게임하면서 건널목을 건너가는데 누군가 뒤에서 우진이 팔을 잡아끌었다. 도연이였다. 신호등이 빨간색인 걸 보지 못하고 걸어갔던 거다. 도연이가 다급한 목소리로 "너 죽을 뻔했어!" 하고 소리쳤다. 그랬는데도 우진이는 길을 가면서 게임을 했다. 게임이 끝나면 허무하고 지겨웠다. 그런데 금세 또 하고 싶었다. 끊을 수가 없었다. 어른들이 끊지 못하는 담배 같았다.

"우진아, 숙제 다 끝났어?"

밖에서 엄마 목소리가 들렸다.

"아니……."

우진이는 후닥닥 공폰을 옷장 서랍에 숨겼다. 엄마가 밖에서 소리쳤다.

"벌써 열두 시야. 어서 하고 자야지."

"영어 숙제가 너무 많아. 진짜 많다고. 이 학원 바꾸면 안 돼?"

"너 또 그 소리야? 그 영어 학원에서 버티면 영어 정말 잘하게 된대. 옆 동에 사는 누나도 그 학원 다녔는데, 처음엔 너무너무 힘들어서 매일 울었대. 하지만 그거 견디고 나니까 중학교 올라가서 영어 전교 일 등을 했대. 완벽하

야!

게 단어를 외우고 완벽하게 쓰고, 입에 붙어서 영어가 술술 나올 때까지 해야 완벽하게 네 거가 되는 거야."

완벽하게 단어를 외우지 못하고, 완벽하게 쓰지 못하고, 영어가 입에서 술술 나오지 않으면 앞으로 살아가야 할 인생이 완벽하게 불행해질 거라는 주문처럼 들렸다.

우진이는 엄마의 말이 정말 무서웠다.

10. 갑자기 내린 비

운동회 날 축구 대회 결승전이 열릴 예정이었다. 준결승은 2반과 3반, 1반과 4반이 대결하고, 각각 이긴 팀이 결승전에 나간다. 결승에서 우승하면 인기가 올라가서 다른 반 애들이 교실로 찾아와 선수들에게 편지와 선물을 갖다준다. 학교 스타가 되는 거다.

원래 축구는 한 팀이 열한 명인데, 학생 수가 적어서 팀당 선수를 아홉 명만 뽑았다. 그런데 문제가 생겼다. 공격수 네 명, 중앙에서 뛰는 수비수 두 명, 수비수 두 명을 뽑아야 하는데 골키퍼를 하겠다는 영진이를 빼고는 모두 공격수를 하겠다고 했기 때문이다. 수비수는 인기가 없었다.

여덟 명 중에 네 명이 공격수였고, 나머지는 싫어도 수비수를 해야 했다.

한태미 선생님은 체육 시간에 공을 멀리 차는 순서대로 공격수를 뽑겠다고 했다. 공격수는 무엇보다 슛을 강하게 차야 하기 때문이다.

우진이도 공격수가 되고 싶었다. 공격수로 자주 뛰는 아이는 태웅이, 도연이, 주원이, 민석이였다. 이 중에 한 명이라도 제쳐야 공격수가 될 수 있었다.

드디어 체육 시간이 되었다. 아이들은 긴장한 모습이었다. 맨 처음 공을 차려고 나온 아이는 태웅이였다. 태웅이는 자신만만하게 공을 찼다. 우진이가 생각한 것보다 멀리 날아갔다. 선생님이 공이 날아간 거리를 줄자로 재고 소리쳤다.

“50미터.”

“역시 태웅이야.”

구경하는 아이들이 박수를 쳤다.

다음은 주원이였다. 주원이도 힘껏 공을 찼다. 30미터였다. 도연이는 20미터, 현이는 10미터를 찼다. 민석이는 헛발을 디뎌서 찬 공이 힘없이 굴러갔다.

선생님이 말했다.

"3미터."

아이들이 웃어 댔다.

하지만 다음 차례를 기다리고 있던 우진이는 웃음이 안 나왔다. 진짜 수비하기 싫었다. 더욱이 수비 두 명은 운동장 중앙에서 뛰지만, 나머지 두 명은 골문 앞에서 상대 선수가 차고 오는 공을 막는 역할이라 제대로 뛰지도 못했다.

'제발 현이보다 세게 찼으면!'

우진이는 간절히 바라며 발끝에 공을 갖다 댔다. 발끝이 찌릿찌릿했다. 우진이는 멀리 보이는 골대를 향해 힘을 다해 공을 찼다. 붕 떠서 날아가는 공을 보니 심장이 쿵쾅댔다. 선생님이 줄자로 거리를 재고 소리쳤다.

"40미터!"

우진이는 두 손을 불끈 쥐었다. 한 번도 이렇게 멀리까지 공을 찬 적이 없었다. 아이들도 놀라서 우진이를 쳐다봤다.

"우진이가 저렇게 공을 잘 찼어?"

아이들이 감탄하며 우진이를 쳐다봤다.

전학 온 지 한 달이 지나도 물에 섞이지 못한 기름처럼 아이들 주변에 동동 떠 있는 느낌이었는데 비로소 아이들에게 받아들여진 기분이었다. 우진이는 어깨를 쫙 펴고 당당하게 원래 서 있던 자리로 돌아갔다.

다른 아이들도 공 멀리 차기를 했다. 다행히 우진이보다 멀리 공을 찬 아이는 없었다. 이렇게 해서 우진이는 공격수가 되었다. 그리고 축구 시합에 나갈 선수도 정해졌다. 주장은 태웅이였다.

그날 오후부터 선수로 뽑힌 아이들은 축구 연습을 했다. 하지만 다들 학원에 가느라 연습하다가 빠졌다. 우진이도 끝까지 함께 연습하지 못해서 속상했다. 끝까지 남아서 연습하는 아이들은 태웅이, 도연이, 주원이였다.

태웅이는 걱정됐다. 다들 축구는 좋아하지만 제대로 공격도 수비도 못했다. 공만 보면 우르르 달려갔다. 그리고 상대 공격수가 빠르게 공을 차고 달리면 공을 빼앗으려고 자신 있게 움직이기보단 골대 앞으로 몰려가 몸으로 막으려 했다.

태웅이는 아이들에게 토요일에 마지막으로 연습하자고 했다. 그런데 막상 운동장에는 여섯 명만 모였다. 어떤 아이는 집안 행사 때문에, 어떤 아이는 학원 보충 때문에 나오지 못했다. 게다가 경비원 아저씨는 수돗가 공사 때문에 운동장에서 축구를 하면 안 된다고 했다.
태웅이가 근린공원으로 가자고 말했다.
"근린공원이 어디 있는데?"
현이가 물었다.
"시장 뒤 주택가에 있어. 우린 거기서 축구 자주 해."
도연이가 태웅이 대신 대답했다.
"좋아, 어디든 가서 연습하자."
주원이와 민석이도 좋다고 했다. 우진이도 고개를 끄덕였다. 애들이랑 축구를 하고 싶었다.
다들 태웅이를 따라 동문시장으로 갔다. 생선 가게, 채소 가게, 부침개 가게, 국수 가게, 떡 가게, 옷 가게 들이 있었고, 오가는 사람들도 많았다.
우진이는 시장이 커서 놀랐다. 엄마는 온라인으로 식재료를 주문하거나 대형 마트에 가기 때문에, 우진이가 엄마 따라 시장에 올 일이 없었다. 시장이 활기차서 저절로 마음이 들떴다.
태웅이는 시장을 지나 골목으로 올라갔다. 우진이는 오래된 주택들이 모여 있는 동네는 처음 와 봤다. 태어날 때부터 아파트에서 살았다. 그래서 빨간 벽돌로 쌓은 집, 정원에 핀 나무와 꽃들, 옥상에 있는 장독대, 칠이 벗겨진 파란 대문, 전봇대…… 하나하나 눈여겨보았다. 오랜 세월 동안 그 자리에 머물러 있어서 그런지 시간의 발자국이 찍혀 있는 것 같았다. 왠지 모를 따스함이 마음을 덮었다.

태웅이가 우진에게 물었다.

"뭘 그리 신기하게 보냐?"

"난 이런 골목 처음 와 봐."

"진짜?"

도연이가 물었다. 그러자 옆에 있던 현이가 말했다.

"나도 그래. 이 골목 되게 재미있다. 모양도 색깔도 다 달라. 우리 아파트는 도토리처럼 똑같은데."

그 말에 다 같이 웃었다.

태웅이와 아이들은 골목을 빠져나가 근린공원으로 갔다. 공원은 넓어서 축구 연습하기 좋았다.

먼저 공을 주고받는 패스 연습을 했다. 축구할 때 가장 중요한 게 패스다. 공으로 서로를 연결하기 때문이다. 패스가 잘되지 않으면 공은 엉뚱한 데로 뻗어 나간다. 빠르게 패스를 주고받아야만 공격을 제대로 준비할 수 있고, 공격수도 슛을 찰 기회를 얻는다.

그래서 태웅이도 예전처럼 우진이에게 노골적으로 공을 안 주려고 하지 않았다. 그런데도 공이 오면 우진이보다 다른 아이한테 공을 패스했다. 우진이도 태웅이보다는 현이나 민석이에게 공을 패스했다. 패스는 마음의 거리와도 관계가 있다. 마음이 먼 상대에게는 공을 주려고 하지 않는다. 태웅이도 우진이도 아직 마음의 거리를 좁힐 생각이 없었다.

"패스 연습했으니까 삼 대 삼으로 나누어서 축구하자."

태웅이가 말했다. 애들도 그러자고 했다. 태웅이, 우진이, 민석이가 한편, 주원이, 현이, 도연이가 한편이 되어 축구를 했다. 인원이 작기 때문에 공격과 수비를 따로 두지 않고 축구를 했다.

태웅이는 볼을 잘 다루었다. 자석이 몸에 붙은 것처럼 볼이 몸에서 떨어지지 않았다. 태웅이는 우진이가 골문 가까운 곳에 있어서 롱 패스를 했다. 하지만 우진이는 그 공을 받지 못하고 주원이에게 빼앗겼다. 주원이가 현이에게 공을 빠르게 패스했고, 현이는 다시 도연이에게 공을 패스했다. 우진이는 도연이 옆에 붙어서 공을 빼앗으려고 했고, 도연이도 빼앗기지 않으려고 우진이의 발 움직임을 살피며 공을 오른쪽으로 살짝 굴렸다가 다시 왼쪽으로 꺾었다. 도연이의 발재간이 보통 좋은 게 아니어서 빼앗기 힘들었다. 도연이는 작은 어깨로 덩치 큰 우진이 몸을 막으며 주원이에게 공을 패스했고, 주원이는 다시 현이에게 패스했다. 현이는 점프하며 헤딩해서 골을 넣었다.

"아싸, 골인!"

"으아아아아!"

현이는 신나서 엉덩이를 흔들었다. 주원이와 도연이도 좋아서 소리를 질렀다. 연습 경기지만 상대에게 골을 먹는 건 언제나 좌절을 느끼게 한다. 태웅이는 힘 빠진 우진이와 민석이를 향해 크게 소리쳤다.

"괜찮아!"

우진이와 민석이는 그 말에 힘을 얻었다.

이번에는 도연이가 찬 공이 우진이 앞으로 굴러갔다. 우진이는 이때다 싶어 드리블했다. 상대편 골대랑 가장 가까운 아이는 민석이였다. 하지만 골대에서 너무 왼쪽으로 치우쳐 있어서 민석이에게 패스를 해도 골이 들어갈 것 같지 않았다.

우진이는 좌측에 있는 태웅이를 쳐다봤다. 태웅이와 처

음으로 눈빛이 마주쳤다. 태웅이가 '네가 드리블하면서 좀 더 골문 가까이 가. 내가 골문 앞으로 달려갈 테니까. 그때 빠르게 패스해 줘.'라고 눈짓으로 말했다. 우진이는 무슨 뜻인지 알겠다며 고개를 끄덕였다. 그러고는 태웅이 계획대로 드리블했다. 태웅이도 계획에 맞춰 미친 듯 달렸다.

"패스해!"

우진이 귓가에 태웅이의 목소리가 달라붙었다.

"오케이!"

우진이가 대답하며 태웅이에게 패스했다. 태웅이는 그 공을 정확히 받아 골문 안에 넣었다.

"아싸! 골인!"

우진이가 점프하면서 소리쳤다. 너무나 통쾌했다.

우진이는 축구할 때 누구를 믿고 어디로 공을 줘야 할지 혼란스러울 때가 많았다. 그런데 이번에 태웅이가 우진이의 생각과 움직임을 알아주고, 우진이 또한 태웅이가 원하는 대로 공을 패스할 때 조금도 혼란스러움을 느끼지 않았다. 그 믿음이 멋진 선택이었다는 걸 증명이라도 해 주듯 골이 들어가자, 말할 수 없이 통쾌했다.

갑자기 먹구름이 몰려오더니 굵은 빗방울이 떨어졌다.

"두두두두두."

"쏴아아아아."

거센 바람이 불었고, 나뭇가지가 심하게 흔들렸다. 도저히 축구를 할 수 없었다. 태웅이가 애들한테 말했다.

"야, 어떻게 하지? 금방 옷 다 젖겠다."

"으…… 추워."

현이가 몸을 떨었다. 그러자 도연이가 조심스럽게 물었다.

"우리 집 갈래? 집이 이 근처야."

"어, 빨리 가자. 운동화까지 다 젖겠다."

현이가 빠르게 대답했다.

다른 애들도 좋다고 했다. 우진이는 망설였다. 엄마에게 허락받지 않고 친구네 집에 간 적이 없었다. 엄마한테 전화할까 하다 그만두었다. 엄마가 차를 갖고 데리러 올 것 같아서였다.

도연이가 망설이는 우진이를 보고 말했다.

"안 가도 돼."

"아, 아니야. 나도 갈래."

도연이는 놓치고 싶지 않았다, 엄마가 만들어 준 친구가 아니라 스스로 친구를 만들 절호의 기회를. 도연이가 제일 앞서서 뛰었고 태웅이, 민석이, 주원이, 현이가 달렸다. 맨 마지막으로 우진이가 뒤쫓아 갔다. 우진이 얼굴에 빗줄기가 흘러내렸다. 지금까지 한 번도 이런 폭우와 거센 바람을 온몸으로 맞을 거라고 상상도 못 했다.

'어떻게 이렇게 갑자기 비가 쏟아질까…….'

우진이는 지금까지 어떤 위험과 불행이 닥쳐도 엄마 아빠가 다 막아 줄 거라고 믿었다. 하지만 살다 보면 그 보호막이 뚫리고 이렇게 비바람을 맞는 것처럼 예기치 못한 불행을 겪게 될 수도 있을 거란 생각이 들었다. 그건 생각만으로도 두려웠다.

'혼자 어떻게 뚫고 나가지?'

아이들의 뒷모습이 우진이 눈에 들어왔다. 지금 이렇게 비바람을 맞아도 두렵지 않은 이유는 저 아이들과 함께 있기 때문이었다. 그래서 이 순간이 두렵기보다는 즐겁게 느껴졌다.

'저 아이들과 오래오래 같이 있었으면!'

우진이는 진심으로 원했다.

11. 정해진 길은 없다

태웅이는 학교에 가면서도 마음이 무거웠다. 오늘 방과 후에 3반하고 준결승을 치른다.

토요일에 연습을 많이 하려고 했는데, 갑자기 폭우가 쏟아지는 바람에 충분히 못 했다. 모두 옷이 젖어서 도연이네 집에 가자마자 옷을 벗어 말리고, 팬티만 입은 채 라면을 먹었다. 우진이는 팬티까지 홀딱 젖어서 어쩔 수 없이 도연이가 자기 팬티를 내주었는데, 그게 너무 작았다. 덩치 큰 우진이가 꼭 낀 팬티를 입고 라면을 먹는 모습에 아이들은 데굴데굴 구르며 웃었다.

"으하하, 크히히, 큭큭큭."

참 이상했다. 연습도 못 하고 라면 먹다 웃음이 터졌는데, 처음으로 한 팀이 된 것 같은 기분이 들었다. 하지만 오늘 시합할 3반을 생각하니 승산이 없다는 절망감에 빠졌다.

3반 담임 선생님은 남자라서 시합에 출전하는 아이들과 틈틈이 축구 연습을 했다. 태웅이는 선생님과 똘똘 뭉쳐 연습하는 3반 아이들 모습이 부러웠다. 한태미 선생님은 항상 축구공을 어디에 숨겨 놓을지 궁리하는 분이라 그런 걸 기대할 수 없었다. 그렇게 팀워크가 좋은 팀은 이기기 힘들다. 게다가 3반 주장 권혁주는 축구 클럽을 오래 다녀서인지 공을 몸 뒤로 넘겨서 돌려 차는 기술을 쓸 만큼 축구를 잘했다. 태웅이는 걱정을 떨쳐 내기 위해 냅다 학교까지 달렸다.

방과 후, 준결승 시합을 위해 2반과 3반 아이들이 모두 운동장에 모였다. 3반 아이들은 선수들의 얼굴 캐리커처가 그려진 티셔츠까지 입고 나와 응원했다. 2반 아이들도 '승리는 무조건 2반!' '축구 아이돌 박태웅' 같은 구호들이 적힌 피켓을 들고 응원했다. 심판은 4반 선생님이었다. 4반은 1반을 꺾고 결승에 먼저 올라갔다. 이번 경기에서 이긴 팀이 4반과 결승전을 치르게 된다.

2반 선수는 태웅이, 우진이, 도연이, 민석이, 현이, 영호, 호태, 우빈이, 영진이였다. 중앙 수비수는 현이와 영호였고, 골키퍼 영진이 앞에서 호태와 우빈이가 수비를 맡았다.

3반 선수는 혁주, 태현이, 민수, 연철이, 석주, 이환이, 수호, 현우, 승우였다. 3반 선수들은 자신감이 넘쳤다. 골문은 오른쪽이었고, 키가 큰 승우가 골문을 지켰다.

드디어 경기가 시작됐다. 3반이 전반전 공격을 먼저 했다. 태현이와 연철이가 공을 주거니 받거니 하면서 왼쪽 골문으로 달렸다. 주원이와 도연이가 그 둘을 앞뒤로 따라가며 공을 가로챌 때를 노렸다. 주원이가 먼저 연철이의 다리 사이로 발을 뻗어 공을 빼앗으려고 했다. 그러자 연철이가 공을 재빨리 혁주에게 패스했다. 혁주는 드리블하며 골문으로 향했다. 우진이가 혁주를 막으며 공을 가로채려고 오른발을 길게 뻗었지만, 혁주가 왼발로 재빨리 공을 옮기면서 몸을 돌리며 공을 지켜 냈다.

'진짜 빠르다!'

혁주의 몸놀림이 어찌나 빠른지 신기할 정도였다.

혁주는 골문 앞에 있던 수호에게 롱 패스를 했다. 수호는 그 공을 받아서 슛을 날렸다. 슛을 막으려고 호태가 골문 앞으로 달려갔는데, 공이 골대를 맞고 나오면서 호태의 얼굴을 때렸다. 호태는 공에 맞아 엉덩방아를 찧고는 어리벙벙해서 고개를 흔들었다.

"크하하하."

아이들이 웃어 댔다.

태웅이가 호태에게 뛰어가 손을 잡아 일으켰다.

"괜찮아?"

"어."

호태가 일어나면서 대답했다.

다시 축구가 시작되었다. 혁주가 드리블하다 이환이에게 패스했고, 이환이는 석주에게 빠르게 패스했다. 도연이가 석주의 공을 빼앗으려는 순간 석주는 다시 혁주에게 길게 패스했고, 혁주는 드리블하면서 앞을 가로막는 영호와 현이를 돌파하며 슛을 했다. 공은 시원하게 골문 안으로 들어갔다.

"골인!"

3반 아이들은 벤치에서 일어나 환호성을 질렀다. 그다음부터 2반 선수들은 자신감을 잃고 엉망진창이 되었다. 급

하니까 공을 손으로 잡으려 했고, 어떤 아이는 상대 선수에게 패스했다. 그렇게 해서 전반전에 세 골이나 먹었다.

후반전이 시작되었다. 이번에는 2반이 먼저 공격했다. 도연이가 공을 주워 올리듯 발끝으로 밀어서 오른쪽에 있는 민석이에게 패스했다. 하지만 거리가 짧아서 혁주가 공을 가로챘다. 혁주는 미친 듯 드리블했고, 그걸 막으려고 우진이, 도연이, 민석이가 혁주 뒤를 우르르 쫓아갔다.

태웅이가 소리쳤다.

"안 돼, 안 돼. 혁주 뒤로 가지 말고 골문 앞에 가서 수비해!"

하지만 아이들 귀에는 그 소리가 잘 들리지 않는 모양이었다. 혁주는 양발로 공을 옮겨 가며 차면서 골문 측면에서 슛을 날렸다. 골키퍼가 공을 막으려고 두 팔을 벌리며 몸을 날렸지만, 수비수가 없는 탓에 골은 어렵지 않게 들어갔다.

"골인!"

점수는 '4 대 0'이 되었다. 이제 3반을 이길 수 있다는 희망은 완전히 사라졌다.

태웅이는 다리에 쇠뭉치를 매달고 질질 끌고 가는 것처

럼 몸이 무거웠다. 포기하고 싶었다. 그러다 목이 쉬어라 응원해 준 아이들이 시무룩한 얼굴로 힘없이 바닥을 치는 모습을 보니 미안했다. 어떻게든 딱 한 번이라도 제대로 된 골을 넣고 싶었다.

하지만 축구는 혼자만 잘해서 골을 넣는 게 아니었다. 뚱뚱한 호태는 잘 뛰지 못했고, 뛰다 힘들면 서 있다가 공 빼앗기는 걸 지켜봤다. 영호는 공이 날아오자 발로 차야 할지, 가슴으로 쳐야 할지, 헤딩해야 할지 고민하다 상대편에게 공을 빼앗겼다. 현이는 수비수였는데 슛을 차고 싶어 수비 자리를 지키지 못했다. 박자, 음정 무시하고 제멋대로 부르는 음치들의 합창 같았다. 한 팀으로 뛴다는 일체감도 없었다. 운동장에 같은 팀 아이들이 여덟 명이나 있는데 태웅이는 자기 혼자 달리는 것처럼 외로웠다.

태웅이 머릿속에 엄마가 떠올랐다. 엄마도 가족이라는 운동장에서 혼자 뛰는 선수 같다. 아빠는 언제 해고될지 모르는 계약직이었고, 똑똑한 여동생은 영어, 수학뿐 아니라 피아노와 바이올린도 배우게 해 달라고 졸랐다. 피아노만 배우라고 했더니 가난한 게 짜증 난다며 신경질을 냈다. 게다가 이젠 아픈 할머니까지 돌봐야 했다. 그런데도 엄마는 힘들다고 내색하지 않고, 아무 일도 벌어지지 않은 것처럼 덤덤했다. 그래서 몰랐다. 엄마가 괜찮은 줄 알았다. 그런데 이제 조금 알 것 같다.

'엄마는 집을 지키려고 외로워도 전사처럼 싸우고 있었구나.'

태웅이 가슴이 저릿했다. 자기도 엄마처럼 싸워야 한다는 생각이 들었다. 그런 모습을 엄마가 좋아해 줄 것 같았다.

태웅이는 도연이가 공을 패스해 주자 드리블 하며 상대 골문으로 향했다. 수호와 석환이가 앞뒤로 막아섰다. 태웅이는 공을 오른쪽으로 찰 것처럼 방향을 틀었다. 하지만 그것은 속임수였다. 수호와 석환이를 속이고 재빨리 공을 왼편으로 몰고 골문으로 향했다. 태웅이는 골문을 보며 머릿속으로 거리를 계산했다.

'여기서 차면 골대에 들어갈 거리가 될까?'

될 것 같기도 하고, 안 될 것 같기도 했다. 빨리 판단해야 한다. 앞뒤로 수비수가 달려오는 발소리가 들렸다. 태웅이는 자신을 향해 달려오는 수비수를 돌파하며 달렸

다. 어느새 골키퍼와 일대일로 마주했다.

'골키퍼 왼쪽 구석으로 찰까? 키를 넘길까? 우측으로 돌아서 들어갈까? 아니면 이대로 찰까?'

태웅이는 오른쪽으로 몸을 약간 비틀고 공을 날렸다. 공이 쪽빛 하늘을 가르며 골문 그물을 흔들었다.

"슛! 골인!"

2반 아이들은 의자에서 벌떡 일어나 환호했다.

"으와!"

태웅이는 세상을 다 얻은 것처럼 기뻤다.

"4 대 1, 지금부터 시작이다!"

응원석에서 들려오는 이 말 한마디가 태웅이의 심장을 뜨겁게 타오르게 했다. 설렜다. 다시 해 보자! 발끝에 힘이 들어갔다. 태웅이는 달리고 달렸다. 그 모습에 민석이도 우진이도 주원이도 태웅이처럼 '무조건 달리고 보자! 그렇게 달려서 태웅이가 골을 넣을 수 있게 도움만 될 수 있다면.' 하는 마음으로 달렸다.

그다음부터 어이없게 골이 들어갔다. 우진이가 석주에게 공을 가로채서 슛을 날렸다. 그런데 공은 골문 앞에 있던 호태 엉덩이에 튕겨서 들어갔다.

4 대 2.

그다음 주원이가 찬 슛을 상대편 골기퍼 승우가 두 손으로 잡아 냈다. 승우는 힘겹게 공을 잡아 내자 마음이 놓였는지 살짝 긴장을 풀었다. 그 순간 승우 손에서 공이 미끄러지듯 땅에 떨어지는 게 아닌가. 그걸 민석이가 재빨리 골문으로 밀어 넣었다.

4 대 3.

마치 공이 '너희들이 뭘 하든 내가 골문으로 들어가 줄게, 마음대로 차 봐.' 하는 것 같았다. 태웅이뿐만 아니라 다른 아이들도 똑같은 생각이 들었다.

공이 우리 편이다. 공이 우리 편인데 뭘 두려워하랴.

2반 선수들은 달리면서 어떻게 이겨야 할지 궁리했다.

'우린 3반보다 연습도 많이 못 해서 팀워크도 떨어지고, 기술도 떨어져. 그렇다면 어떻게 3반을 이길 수 있을까?'

답은 딱 한 가지뿐이었다. 죽어라 수비하고, 공격할 기회를 노려 반드시 골 넣기. 그러기 위해서는 상대편 선수보다 더 빨리 달려야 한다.

달리기를 싫어하는 뚱뚱한 호태가 얼굴이 벌게지도록 달렸다. 우진이도 미친 듯 달려서 3반 스트라이커인 혁주가 몰던 공을 가로채서 도연이에게 패스했다. 도연이는 그걸 현이에게 패스했다. 현이는 슛을 찰까 말까 고민했다. 거리가 애매했기 때문이다. 그러다 상대편 수비수들이 공을 가로채려고 하자, 에라 모르겠다는 식으로 공을 날렸다. 그런데 그 공이 골대를 맞았고, 튕겨 나온 공을 주원이가 머리로 받아서 슛을 했다.

"골인!"

4 대 4.

이제 한 골만 더 넣으면 이길 수 있다는 생각에 2반 선수들의 가슴은 터질 것 같았다.

우진이도 이토록 가슴이 뛴 적이 없었다. 아무리 휴대폰 게임이 재미있어도 그 순간은 짧고, 게임이 끝나면 허무했다. 산더미 같은 숙제를 다 해도 뿌듯함은 없고 지치기만 했다. 왜 계속 공부하고 숙제해야 하는지 모르겠다. 엄마는 공부해야 성공하고, 성공해야만 불행하지 않다고 했다. 공부해야 하는 건 행복하기 위해서가 아니라 불행을 막기 위한 것 같다. 예전에 축구 클럽 다닐 때 코치 선생님에게 이런 이야기를 들었다.

'요즘 축구는 공격보다 수비를 잘해서 지지 않으려는 시스템이다. 실점을 안 하려다 보니 상대보다 많은 인원을 수비에 배치하고 공격 인원을 줄이는 경향이 있다. 이런 상황에서 혼자 상대를 막거나 공을 빼앗는 능력은 향상되지 않는다. 아울러 공격 능력 역시 올라가지 않는다. 시스템으로 수비에 치중하는 팀에서는 승부를 거는 선수가 잘 나오지 않는다. 단지 자기 지역을 지키려고만 하기 때문이다.'

우진이 생각에는 엄마도 그런 것 같다. 행복이란 걸 얻기 위해 공부하라는 게 아니라, 그렇게 하지 않으면 불행해질 거라는 두려움 때문에 닦달하는 것 같다. 엄마는 그렇게 인생을 수비하라고만 한다. 수비 위주로 하는 축구는 재미없다. 공을 잘 막았다고 해서 승리하는 게 아니기 때문이다. 공은 둥글어서 어디로 튈지 모른다. 처음부터 공에게 정해진 길 따위란 없다. 공은 절대로 계획한 대로 굴러가지 않는다. 그래서 축구가 재미있다. 지금도 그렇다. 2반 팀이 어이없게도 다 질 줄 알았던 경기에서 이기려고 한다.

공이 높이 떴다. 우진이는 그 공을 뚫어져라 쳐다보며 떨어질 지점을 향해 달려서 공을 받았다. 그리고 폭풍 드리블한 뒤 왼발을 꺾어 공을 날렸다.

"골인!"

4 대 5.

이겼다. 3반보다 약한 팀이었다. 팀워크도 축구 기술도 부족했지만 이겼다. 우진이는 이겼다는 게 실감이 안 났다. 어떻게 해서 이길 수 있었는지 잘 모르겠다. 자기 반 선수들이 정말 잘해서 이긴 건지 믿기지 않아 마음껏 기쁨을 누릴 수 없었다. 그러다 골대 안으로 들어간 공이 눈에 들어왔다. 공이 자신의 마음을 읽고 이렇게 말해 주는 것 같았다.

'너희가 연습도 팀워크도 기술도 부족하지만, 마지막까지 최선을 다해 달리고 달리면 승리를 선물 받을 수도 있어. 포기 안 했잖아. 어이없이 이긴 것 같지만 꼭 그렇지는 않아.'

시합은 끝났다. 2반 아이들은 환호하고 또 환호했다. 그 소리를 들으며 우진이는 자신에게 물었다.

'인생에서 승리란 무엇일까……? 행복이야. 지금처럼 기쁨을 누리는 거야. 그런데 엄마는 왜 내게 행복하냐고 물어보지 않을까? 왜 그런 질문을 의미가 없다고 느끼게 하는 걸까?'

승리는 우조편 2반!
축구 아이돌

12. 갈대의 힘

축구 결승전을 치르기 위해 우진이, 주원이, 도연이, 태웅이, 현이가 운동장에서 연습을 했다. 현이와 우진이가 한편이었고, 태웅이, 도연이, 주원이가 한편이었다. 한태미 선생님은 운동장으로 나가 아이들의 모습을 지켜보았다.

태웅이가 현이의 공을 막고 반대편으로 걷어찼는데, 그게 선생님 쪽으로 날아갔다. 선생님은 공이 발 앞에 떨어지자 도연이에게 공을 걷어찼다. 그러자 현이가 소리쳤다.

"선생님도 같이 해요! 우리 한 명 모자라요."

같이 축구하자는 말에 한태미 선생님은 미안한 마음이 들었다. 애들과 한 번도 축구를 같이 해 보려고 하지 않았다. 열심히 가르치는 것만 잘하면 된다고 생각했다. 그게 자신이 정해 놓은 아이들과의 적당한 거리였다.

하지만 선생님은 '적당한 거리는 나를 보호하려고 정한 거리가 아닐까? 힘들거나 상처받기 싫으니까.' 하는 반성을 하게 됐다. 그런 생각을 하게 된 계기는 축구공 사건 때문이었다. 만우절 날 아이들이 준비한 이벤트를 같이 신나게 했다면 아이들이 교실 구석구석 다니며 공을 찾아 헤매지도, 축구를 하지 않았을지도 모른다는 생각이 들었다. 이미 신나게 놀았으니까. 그래서 어느 때는 적당한 거리를 좁혀야 할 때도 있다는 걸 깨달았다. 지금이 그랬다.

"좋아, 난 현이 팀!"

한태미 선생님이 소리쳤다. 아이들은 환호성을 지르며 좋아했다. 도연이는 공을 드리블하며 달리다 태웅이에게 패스했다. 하지만 그 공을 우진이가 가로채서 주원이의 수비를 뚫고 슛을 찼다.

"골인!"

한태미 선생님은 골이 들어가자 우진이와 현이를 얼싸안았다.

이번에는 주원이가 공을 찼다. 도연이가 공을 받아 왼쪽에 있는 골문으로 달렸다. 우진이가 그 공을 빼앗으려고 했지만, 도연이는 오른발 발바닥으로 공을 옆으로 굴려 지켜 냈다.

그런데 언제 왔는지 선생님이 그 공을 발로 홱 가로채 골문으로 달렸다. 주원이와 태웅이가 공을 빼앗으려고 선생님 뒤를 쫓아 달렸다. 선생님도 공을 빼앗기지 않으려고 힘껏 달렸다. 아이들과 이렇게 가까운 거리에 있었던 적은 처음이었다. 너무 가까워져 한 덩어리가 된 것 같았다. 적당한 거리에 있었다면 결코 느끼지 못했을 친밀감이 느껴졌다.

태웅이가 선생님이 몰던 공을 발로 툭 밀어 냈다. 선생님은 공을 다시 빼앗으려고 공에 발을 얹는 순간 미끄러졌다. 그 바람에 선생님이 넘어졌다.

주원이가 재빨리 선생님에게 손을 내밀었다.

"선생님, 괜찮으세요?"

"괜찮아."

한태미 선생님은 주원이가 내민 손을 잡았다. 주원이도 쑥스럽지만 밝게 미소를 지었다. 선생님은 한결 밝아진 주원이를 보자 마음이 놓였다.

선생님은 주원이의 카톡을 보고 모른 척할 수 없었다. 하지만 카톡 비밀은 지켜 주겠다고 했으니 주원이 엄마에게 말하지 않고 주원이와 상담했다. 주원이는 엄마 아빠가 헤어졌다고 했다. 공부하라는 엄마의 잔소리가 심해져 학원도 다니기 싫고, 공부도 싫어졌다고 했다. 그리고 친구들이 아빠랑 여행 간다고 자랑하면 자기도 아빠랑 여행 간다고 거짓말이 튀어나온다고 했다. 친구들을 속이는 것 같아 마음이 답답해져 숨 쉬기도 힘들다고 했다.

선생님은 고개를 끄덕이며 한동안 생각에 잠겨 있다가 말했다.

"주원아, 선생님도 어릴 때 부모님이 헤어졌어. 그때는 남들보다 특별히 불행해진 거라고 믿었어. 그런데 크게 힘들지 않더라고. 아마도 엄마가 묵묵히 일해서 그랬던 것 같아. 내가 하고 싶은 건 다 하게 해 주었으니까. 그리고 살다 보니 내가 겪은 일이 특별한 게 아니란 것도 알게 됐어. 누구나 어떤 식으로든 힘든 일을 겪더라고……. 그걸 자기만의 방식으로 헤쳐나가고……."

그러고는 뜬금없이 주원이에게 물었다.

“주원아, 넌 ‘갈대’ 하면 어떤 모습이 떠오르니?”

주원이는 바람에 흔들리는 갈대들이 떠올랐다.

“바람에 막 흔들리는 모습요.”

“맞아, 갈대는 가늘고 속도 비어서 가벼워. 그러니까 바람이 부는 방향대로 흔들리지. 그래서 사람들은 상황에 따라 이렇게 저렇게 마음을 바꾸는 사람을 보고 갈대처럼 줏대 없다고 비웃기도 해. 그런데 갈대 꽃말이 뭔지 아니? 신뢰, 믿음이야. 참 이상하지? 줏대 없이 바람 따라 이리저리 흔들리는데 왜 꽃말이 믿음일까? 갈대는 아무리 폭풍이 몰아쳐도 절대 꺾이지 않기 때문이야. 누구나 폭풍 한가운데 있는 것처럼 힘들 때가 있어. 나도 그랬고, 어쩌면 너도 지금이 그때인지 몰라. 선생님은 네가 갈대처럼 흔들리긴 해도 꺾이지는 않았으면 좋겠어. 그리고 언제든 힘들면 선생님에게 와. 문제를 해결해 주지 못해도 축구할 때처럼 어시스트를 해 줄 수는 있어.”

주원이는 선생님 말이 밧줄 같았다. 구덩이에 빠진 자신에게 올라오라고 소리치며 내려 주는 밧줄. 주원이는 밧줄을 손에 쥐고 구덩이를 올라가듯 선생님 말에 의지해 자신에게 닥친 환경과 맞서 보기로 했다.

'누구에게나 있을 수 있는 일…… 나만 겪는 일이 아니야……. 흔들려도 꺾이지는 않겠다.'

주원이는 한참 울고 난 뒤처럼 마음이 개운해졌다. 선생님과 한결 가까워진 기분이 들었다.

그건 선생님도 마찬가지였다. 자신의 개인적인 일을 주원이에게 털어놓는 게 쉬운 일은 아니었다. 하지만 주원이의 마음에 자신의 진심을 닿게 하려면 적당한 거리를 계산하면 안 된다고 생각했다.

한태미 선생님은 자리에서 일어나 바지에 묻은 흙을 털었다. 그때 현이가 말했다.

"선생님, 분홍색 바지 예뻐요."

"맞아요, 선생님도 예뻐요."

예쁘다는 말, 세상에 태어나 처음으로 들어 보았다. 한태미 선생님은 기분이 좋아서 저절로 웃음이 났다.

"어, 이거 이번에 새로 산 거야."

"완전 색깔 이뻐요."

"그럼 다음에는 노란색 입어 볼까? 그때는 까막샘이라고 부르지 말고, 병아리샘이라고 불러라."

아이들은 놀랐다. 선생님한테 혼날 줄 알았는데 선생님이 계속 웃으며 말했기 때문이다. 선생님이 아이들에게 말했다.

“이제 모두 집에 가라. 우진이는 선생님하고 잠깐 이야기하고 가.”

사실 선생님이 운동장에 간 이유는 우진이를 만나기 위해서였다. 아이들은 모두 집에 가고 우진이만 선생님을 따라 연구실로 갔다. 선생님은 책상에 휴대폰을 올려놓았다. 우진이는 깜짝 놀랐다. 그건 어제 책상 서랍에 넣어 두었던 공폰이었다. 그걸 깜빡 잊고 가져가지 않았던 것이다.

“우진아, 이거 네 거지?”

우진이는 힘없이 말했다.

“네.”

“휴대폰이 두 개니? 학교에서 몰래 폰으로 게임하는 걸 본 아이가 있어.”

모니터를 누가 깼는지 알아보려고 돌린 설문지 중에, 우진이가 선생님에게 공폰을 내고 또 다른 휴대폰으로 몰래 게임한다고 적혀 있었다. 선생님은 우진이 엄마보다 우진이와 먼저 이야기를 나누고 싶었다. 우진이는 더는 속일

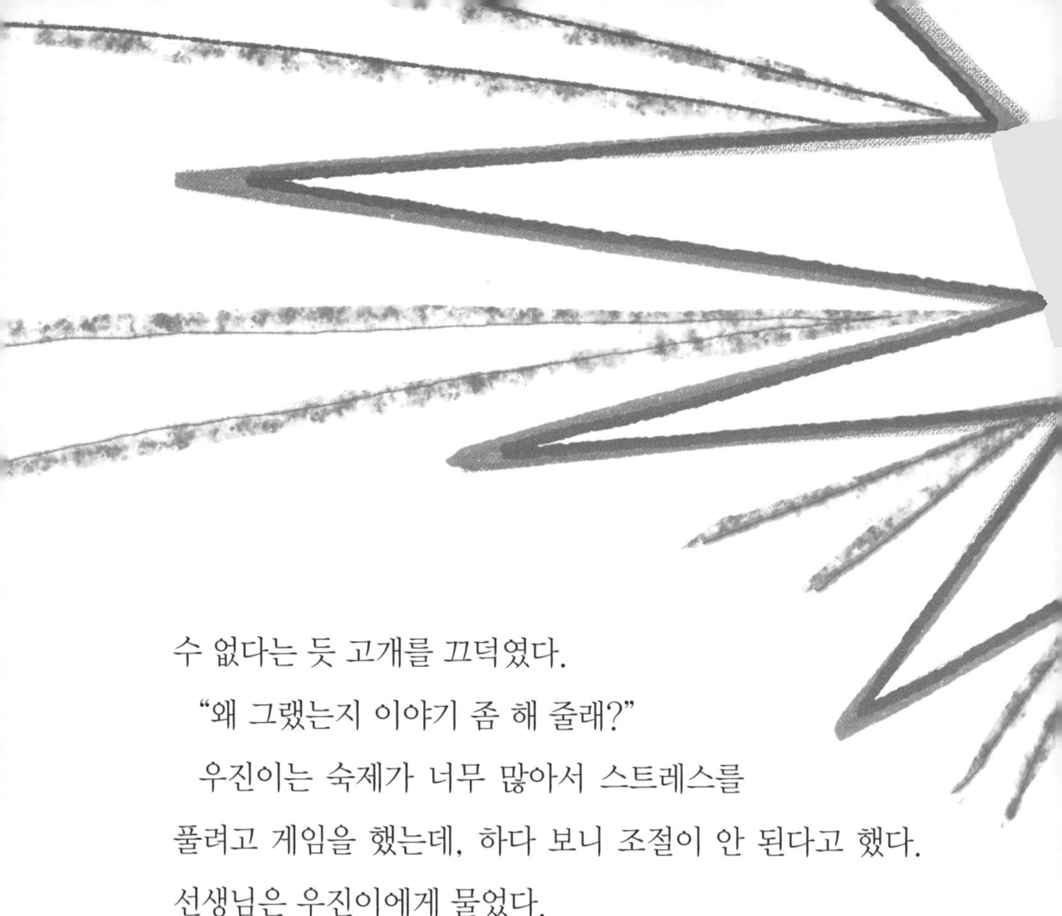

수 없다는 듯 고개를 끄덕였다.

"왜 그랬는지 이야기 좀 해 줄래?"

우진이는 숙제가 너무 많아서 스트레스를 풀려고 게임을 했는데, 하다 보니 조절이 안 된다고 했다. 선생님은 우진이에게 물었다.

"그랬구나. 그럼 마지막으로 물어볼게. 모니터를 깬 건 누구니? 수리 기사 말로는 모니터가 그렇게 깨질 정도면 모니터와 가장 가까운 거리에 있는 아이가 온 힘을 다해 공을 찼을 거라고 했어. 모니터와 가장 가까운 거리에 있었던 아이는 너야……. 그렇지?"

우진이는 한동안 입을 다물고 있다가 말했다.

"…… 제가 그랬어요."

선생님은 "휴." 하고 길게 숨을 내쉬었다.

우진이는 빵빵 특공대라는 게임에 빠져 있다고 했다. 좀비들이 도시에 나타나 건물을 부수고 사람을 죽인다고 했다. 좀비를 없앨 수 있는 건 총과 다이아몬드 축구공이라고 했다. 그런데 만우절 날 청소 시간에 공놀이하는데, 커다란 모니터에 햇빛이 비쳐 빛들이 번졌고, 그게 좀비처럼 보였다는 거다. 그때 축구공이 높이 날아오자 좀비를 빨리 빨리 죽여야겠다는 생각만 들었다는 거다. 도무지 그 생각을 참을 수가 없어서 온 힘을 다해 공을 찼다는 거다.

"그런데 처음에는 인정했다가 엄마한테는 왜 공을 차지 않았다고 했니?"

"그게……."

우진이는 어렵게 말을 꺼냈다.

"엄마는 내가 모니터를 깬 게 맞다면…… 더는 우리 학교에 다니게 할 수 없다고 했어요……. 지방에 있는 기숙사 학교로 보낸다고 했어요……. 백 프로 영어만 쓰는 학교요……. 전 싫어요. 아이들과 이제 조금 친해졌어요. 진짜 친구들 같단 말이에요."

선생님 마음이 울컥했다.

13. 승리를 위해

운동회날이었다. 아이들은 큰 공 굴리기, 장애물 달리기, 박 터뜨리기 등 여러 경기를 했다.

태웅이는 초조하면서도 설렜다. 점심 먹고 나서 축구 결승전이 있기 때문이었다. 엄마도 경기를 보러 왔다. 할머니가 주간 보호소에 다니기 시작하면서 여유가 생겼다. 주간 보호소에는 안 가겠다고 버티던 할머니의 마음이 바뀐 건 동네 친구가 주간 보호소에 다니기 시작했기 때문이다. 그래서 요즘에는 "오늘은 할매들이랑 꽃 비누 만들었다." "오늘은 미용사가 머리카락 잘라 줬다." "오늘은 춤추며 운동했다."라며 즐거워했다. 할머니가 오늘이란 시간을 즐겁게 보내는 것 같아 태웅이도 덩달아 기분 좋았다.

2반 축구 선수들은 빨간 유니폼을 입었고, 4반 아이들은 흰색 유니폼을 입었다. 4반 선수들이 2반 선수들보다 훨씬 키가 컸다. 게다가 4반 선수 민혁이와 연호는 우리 학교 최강의 공격수였다. 2반 아이들은 선수들이 기죽을까 봐 이죽댔다.

"뭐야, 키 큰 순서대로 선수 뽑았냐?"

"이쑤시개 모아 놓은 것 같다."

"우리 반 최강 공격수 박태웅 파이팅!"

축구는 몸싸움이 심한 경기다. 상대 선수 몸집에 비해 키가 작거나 힘이 약한 건 불리했다. 하지만 2반 선수들은 겁먹지 않으려고 애썼다. 골키퍼 영진이는 왼쪽 골문을 지켰다.

드디어 축구 결승전이 시작되었다.

전반전 공격은 4반이 먼저 했다. 공격수 민혁이가 공을 왼쪽으로 찼다. 그걸 현이가 가로채서 상대 진영인 오른쪽으로 찼다. 태웅이가 빠르게 달려가서 공을 받아 드리블하자, 4반 수비수 우태와 정민이가 태웅이 볼을 빼앗으려고 달려왔다. 그러고는 팔로 태웅이의 가슴을 누르며 마크했다. 태웅이는 왼발과 오른발로 번갈아 공을 차며 공을 지키다가, 앞서 달려가는 우진이와 눈이 마주치자 공을 패스했다. 우진이가 그 공을 정확히 받자 태웅이는 날아갈 듯 상쾌했다. 준결승이 끝나고 아이들과 쉬는 시간마다 패스 연습을 하며 호흡을 맞췄다. 패스가 정확해지자 서로에 대한 믿음은 커졌고, 이길 수 있다는 자신감도 붙었다. 우진이가 그 공을 정확하게 받으니까 패스 연습한 보람을 느꼈다. 그런데 우진이 앞에 우태가 막아섰다. 우진이는 슛하는 척하다 발 안쪽으로 방향을 바꾸어 우태를 속였다. 드리블하다 강하게 슛을 찼다. 공은 골키퍼의 손등을 아슬아슬하게 스쳐 골문 안으로 들어갔다.

"골인!"

응원석에 있던 2반 아이들이 환호했고, 그걸 지켜보던 우진이 아빠도 의자에서 벌떡 일어나 소리쳤다.

"우리 아들 최고!"

그리고 옆에 있던 우진이 엄마에게 말했다.

"우진이가 저렇게 축구를 잘할 줄 몰랐네."

우진이 엄마도 골을 넣고 좋아하는 우진이를 보며 말했다.

"저렇게 좋아하는 표정 처음 봐. 정말 행복해 보여."

"선생님 말이 맞아. 우진이가 저 정도로 슛이 강하다면 모니터가 그렇게 깨졌을 거야……. 선생님 말대로 하자고."

우진이 엄마는 천천히 고개를 끄덕였다.

어제, 한태미 담임 선생님이 우진이 엄마에게 연락해 학교로 와 달라고 했다. 선생님은 우진이의 공폰을 보여 주었고, 우진이가 축구공으로 왜 모니터를 깼는지 말해 주었다.

우진이 엄마는 커다란 충격을 받았다. 우진이가 숙제하다 힘들어서 우는 모습을 보곤 했지만, 그렇게 힘들게 공부해야 성적이 오르니까 그 시간을 견뎌야만 한다고 믿었다. 그런데 게임 중독이 된 것이다. 우진이 엄마는 우진이에게 너무나 미안했다.

선생님은 우진이가 게임 중독에서 벗어날 수 있도록 전문가 상담을 받았으면 좋겠다고 했다. 우진이 엄마는 그러겠다며 모니터 수리비를 냈다. 그날 밤, 우진이 엄마는 우진이에게 사과했다.

4반 선수들은 한 골 먹자 긴장했고, 강하게 공격을 밀어붙였다. 정민이의 태클에 도연이가 넘어졌고, 용우가 주원이의 정강이를 밀어서 엎어지게 했다. 4반 선수들의 거친 몸싸움에 2반 선수들은 지쳤다. 공격수 민혁이는 연호, 태빈이와 번갈아 패스하다 골문 오른쪽 측면에서 슛을 찼는데, 골키퍼 영진이가 그걸 막으려고 앞으로 나왔다. 하지만 공은 영진이 가랑이 사이로 들어가 골문 안으로 들어갔다. 이번에는 4반 아이들이 응원석에서 모두 일어나 "골인!" 하며 환호성을 질렀다.

전반전이 끝나고 후반전이 시작되었다. 태웅이는 몸싸움에서 밀리지 말고 수비보다 공격에 치중하자고 외쳤다. 몸싸움에서 밀리지 않으려면 상대방 선수보다 더 빠르게 몸을 움직이며 공을 지키고 패스하는 방법밖에 없었다.

이번에는 민석이가 멀리 있는 주원이를 향해 공을 찼다. 마침 상대편 선수가 없는 곳이어서 주원이가 공을 드리블해 상대편 골문을 향해 달렸다. 그러나 금세 수비수들에게 막혔고, 왼쪽으로 달려가는 태웅이를 향해 공을 찼다. 그런데 4반 공격수 민혁이가 공을 가로채 미친 듯이 볼을 드리블하며 2반 골문을 향해 달렸다. 역습이었다. 민혁이 앞에는 골키퍼 말고 아무도 없었다. 민혁이는 오른발로 슛을 차려는 듯 오른쪽으로 발을 돌렸다. 영진이는 공이 오른쪽으로 올 것 같아서 오른쪽으로 몸을 돌려 공을 막으려고 두 손을 올렸다. 하지만 민혁이는 순식간에 왼발로 발을 바꾸어 공을 찼다. 공은 시원하게 골문 안으로 들어갔다.

"골인!"

4반 아이들이 모두 응원석에서 일어나 환호했다.

2반 선수들은 골 넣을 찬스를 얻으려고 애썼다. 하지만 키 큰 4반 수비수들에 의해 번번이 막혔다. 시간이 점점 흘렀다. 이대로 가면 '1 대 2'로 패배한다.

태웅이는 이를 악물고 달렸다.

'승리하고 싶다!'

아무리 축구를 잘해도 경기에서 지면 아무런 의미가 없다. 경기는 이기려고 뛰는 것이다. 뛰기 위해서 경기를 하는 게 아니다. 그 순간 태웅이는 결심했다. 경기에서 이기는 모습을 엄마에게 보여 주자. 그리고 말하자, 축구 선수가 되겠다고!

며칠 전 한태미 선생님이 불렀다. 중학교 축구 코치 선생님이 준결승전 경기에서 태웅이가 뛰는 걸 보고 시에서 지원해 주는 꿈나무 축구 선수로 추천하고 싶어 한다고 말해 주었다. 시에서 지원해 주기 때문에 돈이 들지 않는다며 부모님 동의만 얻어 오라고 했다. 하지만 태웅이는 엄마한테 말하지 못했다. 불안정한 미래를 싫어할 것 같아서였다. 하지만 이렇게 경기를 하다 보니 태웅이는 저절로 알게 됐다.

'내가 경기에서 이기지 못하면 아무 소용이 없듯, 안정적인 직업을 가져도 내 인생이 행복하지 않으면 아무 소용이 없는 거 아냐?'

태웅이는 발끝까지 힘이 들어갔다. 경기에서 이겨서 엄마에게 말하고 싶었다.

축구가 좋아. 정말 좋아. 행복해. 그게 다야.

경기에서 이기려면 자기에게 언제 골이 올지 살펴야 한다. 태웅이는 공과 선수들의 움직임을 세세하게 쳐다봤다. 그때 멀리서 공이 날아왔다. 태웅이는 공을 받으려고 달렸다. 상대 수비수 연호가 공을 먼저 잡았고, 태웅이는 연호에게 바짝 붙어 연호가 잡은 골을 왼발로 밀어내어 가로챘다. 폭풍 드리블하며 상대 골문으로 달렸다. 하지만 수비수들에게 막혀 가운데로 정면 돌파하지 못하고 우진이를 향해 패스했다. 우진이도 드리블하다 수비에 막혀서 공을 옆쪽으로 밀었고, 주원이가 공을 받아 골문 왼쪽으로 달려가는 태웅이에게 길게 패스했다. 태웅이는 그 공을 받아서 수비가 많은 중앙 말고 왼쪽 측면으로 달렸다. 그러다 보니 골문이 잘 보이지 않았다.

이제 시간이 얼마 남지 않았다. 여기서 득점 기회를 얻지 못하면 지는 거다. 아무리 봐도 슛을 찰 공간이 안 보였다. 태웅이는 머릿속으로 잘 보이지 않는 골대를 상상했다. 그리고 수백 번 머릿속으로 상상했던 그 킥을 차기로 결심했다.

'저 골대 속으로 공을 찬다. 바바나킥!'

태웅이는 공의 오른쪽 아랫부분을 밑에서 위로 감싸듯이 온 힘을 다해 찼다. 공에 강한 회전에 걸렸다. 회전이 걸린 공은 앞으로 날아가다 왼쪽으로 엿가락처럼 휘어져서 골대를 스치며 안으로 들어갔다.

"으와, 골인!"

"바나나킥이다!"

"태웅이 미쳤다!"

응원석에 있던 2반 아이들뿐만 아니라 4반 아이들도, 관중석에 있던 어른들도 모두 일어나 손뼉을 치며 환호했다. 태웅이가 수백 번 영상을 보며 연습했던 바바나킥을 성공시킨 거다. 영상을 볼 때마다 너무나 환상적이라 가슴이 떨렸는데, 그걸 해낸 것이다. 태웅이는 가슴이 터질 것처

럼 기뻤다.

'2 대 2. 승리는 아직 우리 것이 아니다.'

태웅이는 기쁨을 떨치고 다시 마음에 긴장을 불어넣었다. 그리고 2반 선수들을 향해 '다시 시작이야!' 하는 눈빛을 보냈다. 2반 선수들도 태웅이의 마음을 알아채고 바짝 긴장했다.

태웅이는 민혁이가 공을 드리블하자 그걸 빼앗기 위해 달렸고, 우진이는 민혁이 옆으로 달리며 공을 가로챌 기회를 노렸다. 우진이는 왼발을 길게 뻗어 슬라이딩으로 공을 빼앗았다. 도연이에게 받으라는 눈빛을 보내며 공을 패스했다.

'받아, 도연아.'

'오케이!'

도연이가 공을 받아 골문을 향해 달렸다. 우진이도 공이 언제 자기에게 올지 몰라 도연이를 쳐다보며 달렸다.

'언제든 공을 나한테 보내. 도연아…….'

그리고 속으로 다시 불러 보았다.

'내 친구, 차도연.'

우진이는 눈물이 쏟아질 것 같아 주먹에 힘을 꽉 쥐고 달렸다.

만우절 날 우산꽂이 통에서 공을 꺼낸 건 우진이였다. 하지만 우진이가 혼날까 봐 도연이가 선생님에게 거짓말한 거다. 우진이가 게임 중독에 빠진 것 같다며 도와 달라고 설문지에 쓴 사람도 도연이였다.

우진이는 비 오는 날 도연이가 끓여 준 라면이 너무 맛있어서 자꾸 떠올랐다. 애들 모르게 도연이네 집에 갔다. 도연이는 혼자서 집에 찾아온 우진이를 반갑게 맞아 주었다.

도연이가 라면을 끓여 주며 이야기했다. 자기도 한때 게임에 중독되어 너무 힘들었고, 컴퓨터가 고장 나서 게임을 못 하게 되자 죽고 싶었다고 했다. 다행히 청소년 센터 선생님과 상담하면서, 태웅이랑 축구하면서 간신히 벗어날 수 있었다고 했다. 우진이를 보면 게임에 중독되어 있던 자기 모습을 보는 것 같아서 자꾸만 마음이 쓰였다고…….

도연이의 그 말이 우진이는 되게 고마웠다. 자기를 걱정해 주고 생각해 주는 친구 같아서였다. 그 뒤로 우진이는 도연이와 수변공원을 함께 달리고, 도연이에게 축구 클럽에서 배운 축구 기술을 알려 주었다. 그러면서 두 아이는 옆에 있기만 해도 편안하고 즐겁고 고민을 털어놓을 수 있는 진짜 친구가 됐다.

도연이는 공을 드리블하며 힘껏 나아갔다. 이번에는 자기가 골을 넣고 싶었다. 4반 선수 연호가 바짝 옆에 붙어서 공을 가로채려고 했다. 도연이는 공을 미는 척하다가 다시 발 안쪽으로 당긴 뒤 드리블하며 앞으로 나갔다. 도연이의 발놀림이 무척 빨라서 연호가 공을 빼앗지 못했다. 오랫동안 발 터치 연습한 게 빛을 발휘했다.

다른 아이들은 부모님이 왔지만 도연이만 부모님이 안 왔다. 아빠는 일하다가 높은 곳에서 떨어져 다리를 다쳐 병원에 입원해 있다. 석 달 동안 입원하고 재활 치료를 받아야 한다고 했다. 엄마가 일을 그만두고 아빠를 돌봤다. 엄마가 쉴 때는 도연이가 아빠를 돌봤다. 아빠는 말도 없어지고 소리도 지르지 않았다. 아빠를 끝까지 지키는 건 엄마와 도연이뿐이라는 걸 깨달은 것 같았다. 만약 아빠가 다시 막대기를 들면 그때는 막을 거라고 도연이는 다짐했다. 그

럴 힘이 생겼다는 걸 이제는 보여 줘도 될 것 같았다.

도연이는 드리블해서 상대 골문으로 향했다. 골키퍼가 버티고 있었다. 도연이는 슛을 할까 말까 고민했다. 슈팅하기에는 거리가 멀었다. 도연이는 현이에게 공을 패스하고 골키퍼 근처에 붙었다. 그런데 현이가 주원이에게 패스한 공이 다시 도연이 앞으로 왔다. 도연이가 골을 재빨리 받았는데, 골키퍼가 손을 뻗어 공을 잡으려고 했다. 그 순간 도연이는 슛을 차기보다는 골키퍼를 제쳐야겠다는 생각이 들어 공을 살짝 오른쪽으로 보냈다. 골키퍼가 그 공을 잡으려고 오른쪽으로 몸을 돌리자, 도연이가 다시 왼발로 공을 빼냈다. 순간 골 넣을 공간이 보였다.

'이때다!'

도연이는 공을 걷어찼다. 하지만 공은 안타깝게 골대를 맞고 튕겨 나왔다. 하지만 도연이는 끝까지 공을 보고 쫓아가 다시 공을 걷어찼다. 공은 길게 포물선을 그리며 골문을 향해 날아갔다. 태웅이도 우진이도 그 공이 승리를 선물해 주길 간절히 바라며 고개를 높이 들었다.